Jean-Louis Glineur
Panik in der Nordeifel

AF140397

FSC

www.fsc.org

MIX

Papier aus ver-
antwortungsvollen
Quellen
Paper from
responsible sources

FSC® C105338

Der neue Fall von Schreer und Vartan

Dieser Roman ist eine **Fortsetzung** des 2005 entstandenen Krimis „Todesangst in der Nordeifel", 2006 zunächst als Hörbuch bei Radioropa Hörbuch Division Of Technisat Digital veröffentlicht. Das eBook und das Taschenbuch folgten.

Alle Personen und die Handlung sind frei erfunden. Die Personen stellen fiktive Charaktere dar. Ähnlichkeiten mit lebenden oder bereits verstorbenen Personen sind zufällig.

Jean-Louis Glineur

"Vergeltung ist eine Art wilder Gerechtigkeit."
Sir Francis von Verulam Bacon (1561-1626)

Panik in der Nordeifel

- Schreer und Vartan ermitteln –

Der zweite Fall

von

Jean-Louis Glineur

Der Roman führt seine Leser in den Monat
August des Jahres 2016

Bibliografische Information der Deutschen Nationalbibliothek: die Deutsche Nationalbibliothek verzeichnet diese Publikation in der Deutschen Nationalbibliografie. Bibliografische Daten sind im Internet über http://dnb.d-nb.de abrufbar.

Impressum
Texte © Copyright by
Jean-Louis Glineur, D-52152 Simmerath
Umschlaggestaltung, Korrektorat: Jean-Louis Glineur
Foto des Autors: Ute Glineur
Email: jean-louis.glineur@t-online.de
Online: www.glineur.de

TWENTYSIX – der Self-Publishing Verlag
Eine Kooperation zwischen der Verlagsgruppe Random House GmbH und der Books On Demand GmbH

Herstellung und Verlag:
BoD, Books on Demand, Norderstedt
ISBN: 9783740715243

Erstes Kapitel

Der Mann am Steuer des alten Honda Civic bog nach Dedenborn ab. Kaum ein Haus war erleuchtet. Er sah bereits das Ortschild, und er und seine Beifahrerin ahnten ihren düsteren Verfolger nicht. Der Unbekannte musste ohne Licht gefahren sein.

Aufgeblendetes Fernlicht, das in den Rückspiegeln reflektierte, irritierte den Honda-Fahrer, und zwei Schüsse schallten durch die Nacht. Gleichzeitig schrie die Frau auf dem Beifahrersitz auf. Es waren Sekundenbruchteile, und die massive Limousine rammte den kleinen Civic, der Honda raste die Böschung ungebremst hinab.

Es ging alles zu schnell, um einen klaren Gedanken fassen zu können, das Fahrzeug überschlug sich mehrfach, Blech knarzte, Glas splitterte. Als der Honda auf dem Dach liegen blieb, sah der nur leicht verletzte Fahrer, wie seine Begleiterin schlaff und ohne Regung in den Sicherheitsgurten hing. Sie war leblos, und die Stille war unheimlich. Der Geruch von Benzin ließ ihn panisch werden. Flammen schossen hoch, und die ohnmächtige Frau bewegte sich immer noch nicht. Er löste den Gurt und zerrte an ihr. Sie konnte an der Wirbelsäule verletzt sein, aber ob Feuertod oder ein Leben im Rollstuhl, er hatte keine Wahl. Der Civic brannte mehr und mehr, und die Flammen züngelten jetzt in den Innenraum.

Wie aus einem Hut gezaubert, standen plötzlich drei vermummte Männer vor dem brennenden Wrack und brüllten „Tod allen Ungläubigen!"

Der verletzte Fahrer des Civic streckte ihnen hilflos die Hand entgegen, als seine Beifahrerin aus der Ohnmacht erwachte, und sie brüllte die drei Gestalten an „Je suis Charlie!!!"

Ich wachte schweißgebadet auf, und wieder war er da, dieser Albtraum, der mich seit mehr als zehn Jahren immer und immer wieder heimsuchte und an meinen schlimmsten Fall als privater Ermittler erinnerte, der Anne-Catherine und mich fast das Leben gekostet hatte. Unsere gemeinsame Detektei wäre dann 'Geschichte' gewesen.

Neu in diesem unfreiwillig im Zwei-Wochen-Takt abonnierten Albtraum waren aber die drei schwarz vermummten Gestalten, die uns als Ungläubige beschimpften, während wir auf kleiner Flamme geröstet wurden. Neu in diesem quasi modifizierten Horrortraum war allerdings auch, dass die ohnmächtige Anne-Catherine erwachte und sich mit dem seit Januar 2015 weltweit bekannten 'Charlie' kurz vor dem Feuertod lautstark solidarisierte.

Doch wen wunderte schon, wenn Traum und Realität sich unerwartet vermengten. Im westlichen Europa terrorisierte und tötete der sogenannte *Islamische Staat* in erschreckend brutaler Weise fröhliche, weltoffene und harmlose Menschen. Attentate in Paris, Brüssel, Nizza und selbst dem kleinen deutschen Städtchen Ansbach vor nur wenigen Tagen waren steter Wegbegleiter durch die immer mit mulmigem Gefühl im Magen erwarteten aktuellen Nachrichtensendungen.

Dass der Anschlag auf die Pariser Satirezeitschrift *Charlie Hebdo* weltweit für Entsetzen sorgte und mit dem Slogan 'Je suis Charlie!' trotzig und solidarisch gekontert wurde, ging auch an mir nicht vorbei. Der passende Aufkleber zierte das Heck meines SUV, und Anne-Catherine trug nach diesem Attentat oft ein schwarzes T-Shirt mit den drei markanten Worten, dass auch sie *Charlie* ist.

Als Belgierin, deren vor einigen Monaten verstorbene Mutter als Journalistin viele Jahre in Paris und in

9

Brüssel lebte, fühlte sich Anne in beiden Metropolen heimisch. Umso impulsiver reagierte Anne auf die Attentate in der französischen als auch der belgischen Hauptstadt. Nur so konnte ich mir meinen aktuell in absurder Art und Weise modifizierten Albtraum erklären. Aber – ob mit oder ohne durchgeknallte Terroristen, Islamisten oder Salafisten – dieser Traum feierte kürzlich sein zehnjähriges Bestehen.

Ich hoffte, die Vermummten blieben die einzigen Verzerrungen in meiner Traumwelt der nächsten Tage und Wochen ... ein sonderbarer Türke, der sich über die Satire eines Herrn Böhmermann echauffierte und der Wiedereinführung der Todesstrafe hinterherhechelte, oder auch ein Herr Trump mit Hang zur Vogelnestfrisur und dem Glauben, Belgien sei eine kleine Stadt in Europa, wirkten eher beklemmend und absolut nicht witzig, wenn das Staatsmänner sein sollten, die ihr Land regieren und über dessen Grenze hinaus unter Umständen noch mehr Schaden anrichten konnten. Dumm nur, dass die Medien durch die starke Präsenz dieser sonderbaren Menschen schlicht gezwungen waren, Otto Normalverbraucher zu jeder vollen Stunde in Funk und Fernsehen intensiv mit Neuigkeiten aus Absurdistan zu berieseln.

Das einzig Gute an meinen häufigen Alpträumen ist, dass ich halbwegs zeitig – meist zwischen neun und zehn Uhr – dem Bettchen entstieg. Zumindest galt diese Regel dann, wenn kein Auftrag mich für einen nächtlichen oder frühmorgendlichen Einsatz als privater Ermittler in den Schichtdienstmodus versetzte. Das Schild DETEKTEI ALWIN SCHREER & ANNE-CATHERINE VARTAN an der Haustür war unübersehbar, aber nicht wirklich ein Garant für regelmäßige Aufträge. Aber dramatische finanzielle Abstürze blieben die vergangenen Jahre zum Glück aus, denn wir verdankten es auch der Genialität von Anne-Catherine, die bei Auftragsflauten immer wieder Geniestreiche ausheckte.

Und die Idee war so simpel: Detektive stehen auch für Kontrolle und Sicherheit, Sicherheit ist ein Grundbedürfnis eines jeden, der keine Einbrecher in seinen vier Wänden wissen will, und eben diese Sicherheitsbedürfnisse wurden die Grundidee für unseren Web-Shop.

Zunächst wehrte ich mich mit Händen und Füßen gegen diese Idee, aber Anne-Catherine konterte nur mit einem *'Antesten kostet ja nix'* und bemühte zuerst Internetanbieter wie Ebay und Delcampe. Sie, mit belgischen Wurzeln, setzte vor allem auf die letztere Adresse. Der Probelauf überzeugte mich bereits nach vier Wochen, und wir gründeten unser Internetkaufhaus.

„Alwin! Vergiss das blöde Wort Internetkaufhaus!" reklamierte Anne-Catherine. „Das ist ein Web-Shop!"

Im Grunde lief alles richtig gut, seit der Web-Shop zum Rettungsanker für unsere Detektei wurde.

Besser noch, wir hatten mit Reiner Welsch seit fünf Jahren zusätzlich einen gelegentlichen Mitstreiter an unserer Seite! Welsch und mich verband eine Freundschaft seit den ersten kindlichen Streitereien im Sandkasten, späteren gemeinsamen Streichen in der Gemünder Grundschule und dann auf dem Gymnasium in Schleiden, als wir beide dem Abiturjahrgang 1985 angehörten. Mich zog es in einen kaufmännischen Beruf, nachdem mich die Polizei bei den Einstellungstests ausmusterte, da meine Wirbelsäule krumm und schief war. Auch die Bundeswehr wollte mich nicht, und ich erhielt das Prädikat *'ausgemustert'* - und ausgerechnet mein bester Freund Reiner, der die meiste Zeit seines Lebens als behäbig galt und leicht pummelig war, bestand alle Einstellungstests der Polizei. Später war Welsch als Kommissar mit cleverer Spürnase viele Jahre bei seinen Kollegen geschätzt und bei den Ganoven gefürchtet.

Der erste Herzinfarkt Ende 2007, und eine weitere Herzattacke knapp zwei Jahre später, warfen ihn beruflich aus der Bahn. Frühzeitig pensioniert, fiel Welsch zunächst in ein tiefes Loch, bis Anne-Catherine die nächste Knalleridee hatte und mich mit dem Vorschlag überraschte, dass wir den guten Reiner gleich mit in den Web-Shop für Sicherheitsfragen einbinden sollten.

Sinnvolle Technik zur Sicherung von Häusern, Grundstücken oder Fahrzeugen zu prüfen und für den Web-Shop zu testen führte zur nächsten Idee, die schlicht *Dienstleistung* lautete: der pensionierte Commissario beriet in der kompletten Städteregion Aachen und im Kreis Euskirchen Privatpersonen und kleine Betriebe, wie sie sich am besten vor Einbruch und Diebstahl schützten. In den vergangenen Jahren entwickelten sich also erfolgreich Alles-aus-einer-Hand-Lösungen zum Unmut des Verbrechertums.

Schließlich gab es auch noch den Handel mit allem, was Sicherheit versprach und legal verkauft werden durfte. Da war meine kaufmännische Ausbildung aus der Mitte der 1980er Jahre nützlich, wenngleich ich lieber Ermittler, Schnüffler und Spürnase war, der gemeinsam mit Anne-Catherine ermittelte.

Unser sogenanntes Back-Office war mit Reiner Welsch gut aufgestellt, und als 'Mädchen für alles' hatten wir noch Arno Wergen aus Mützenich, nahe der belgischen Grenze, seines Zeichens für unsere Detektei seit über zehn Jahren tätig. Besonders dann, wenn wir einen Auftrag hatten, jemanden zu beschatten, kam Arno stets dann zum Einsatz, wenn ein Verfolgen mit einem Auto zu auffällig wäre.

Arno wurde mit seiner Enduro zum fast unsichtbaren Schatten. Allerdings mussten wir darauf achten, dass unser Minijobber nicht zu viel verdiente, denn nach 10 Jahren Arbeitslosigkeit und späterem Hartz 4, hatte das Jobcenter ein kritisches Auge auf Arno, denn er war als angeblich arbeitsscheu verschrien. Anne-Catherine und ich sahen das deutlich anders, allerdings warf unsere Detektei auch nicht genug ab, um Arno fest anzustellen.

Seit dem Tod seines Sohnes Anfang 2005 und dem Krebstod seiner Frau drei Jahre später, war Arno oft nur ein Schatten seiner selbst gewesen. Dass sein 15-jähriger Sohn Marcel seinem eigenen Leben ein Ende setzte, ohne dass das häufige *'Warum'* jemals beantwortet wurde, nagte damals sehr an Arno. Seine Frau und er zogen von Schleiden nach Mützenich, denn Arno hatte ein kleines Haus geerbt.

Als seine Jugendliebe Monika im Sommer des Jahres 2008 einem Krebsleiden erlag, verlor Arno den Boden endgültig unter den Füßen und fand im Alkohol einen teuflischen Ratgeber. Psychiatrie, Entzugsklinik und Psychotherapie retteten ihn letztlich doch vor dem endgültigen Absturz, und nach einer Auszeit von knapp zwei weiteren Jahren arbeitete Arno wieder für uns als das erwähnte 'Mädchen für alles' und fand sogar eine neue Liebe, die in den kommenden Wochen zu ihm ziehen wollte.

Als er mir das erste Mal von einer *Anja aus Konzen* erzählte, dachte ich nur, die einzige Konzener Anja, die ich kenne, ist eine linke Bazille und kaum geeignet, Arnos verletzte Seele zu pflegen. Allerdings stellte sich schnell heraus, dass seine Neueroberung eine aus dem belgischen Büllingen Richtung Konzen aus beruflichen Gründen zugezogene *nette Anja* war.

Diese neue Liebe war der Anlass, dass Arno nach

mehr als zehn Jahren endlich die Kraft hatte, das Jugendzimmer von Marcel auszuräumen. Viele Erinnerungen, so hatte er erzählt, bewahrte er nun in Kartons auf, die er auf dem Dachboden seines winzigen Fachwerkhauses lagerte. Das Mobiliar hatte er entsorgt, um sich von den Erinnerungen zu befreien, die der Anblick all die Jahre immer wieder auslöste. Beim Tapezieren und Streichen des Zimmers hatte ich Arno geholfen, damit er nicht einsam und allein in diesem Zimmer alten Erinnerungen zu viel Raum gab.

Es war auch die Angst, dass der ehemalige Alkoholiker Arno wieder rückfällig werden könnte, wenn der Kummer an ihm nagte. Bier und Wein hatte er immer im Haus, aber er rührte Alkohol nie mehr an und nannte es einen *'Bestandteil einer Eigentherapie'*, dass er für seine Gäste eine Flasche Bier oder einen guten Wein im Haus hatte und jeder Versuchung widerstand.

Ich quälte mich noch leicht verschlafen und von meinem Alptraum gerädert aus dem Bett und suchte den kürzesten Weg zur Küche Richtung Kaffeemaschine. Diesen Weg kannte ich trotz meiner Kurzsichtigkeit auch ohne meine Brille, quasi im Blindflug. Hauptsache, ein großer Kaffee zum Wachwerden.

Als mein Handy sich musikalisch meldete, entdeckte ich auch meine Brille, die neben dem Sony lag, das mit *Far Far Away* von Slade lautstark einen Anrufer ankündigte. Es war Arno, auf den ich gestern Nachmittag eingehende Anrufe umgeleitet hatte und er einmal mehr seine vielseitige Einsatzmöglichkeit als 'Allrounder' bewies.

„Guten Morgen, Alwin!" tönte er eine Spur zu laut in mein rechtes Ohr. „Alles fit in Dedenborn?"

„Deine gute Laune vor 12 Uhr ist einfach unerträglich", brummte ich und nahm einen Schluck Kaffee. „Was kam denn gestern an Anrufen herein, du Gute-Laune-Bär?"

„Drei Anrufe, Alwin. Zwei Anrufer baten um einen persönlichen Besuch, dass einer von euch sie zum Schutz ihrer Häuser gegen Einbrecher berät. Ich habe Welsch direkt angerufen, und er hat bereits Termine vereinbart. Im Moment...", Arno hielt einen Augenblick inne und blätterte raschelnd in einem Notizheft, „...müsste er bei einer Familie Walber in Gemünd zur Beratung sein. Und dann hat Reiner gegen 13 Uhr gleich die nächste Beratung, und zwar in Huppenbroich. Den zweiten Termin nimmt er gemeinsam mit Anne-Catherine wahr."

Das klang erfreulich. Die Beratungen und die Vermittlung an Firmen, die später die Sicherheitsvorrichtungen - ob einbruchssichere Fenster oder Alarmanlagen - montierten, ließen die Kasse der Detektei jubeln.

„Und Anruf Numero drei?" fragte ich, mittlerweile von der nächsten Tasse Kaffee endlich zum Leben erweckt.

„Hah! Das klang nach einem richtig brisanten Auftrag", jubelte mein telefonisches Gegenüber und legte eine Pause ein.

„Nun gib Gas, Arno, und mach's nicht so spannend!"

„Du hast gegen vierzehn Uhr drei Besucher, und du wirst nicht raten, was für Figuren das sind…"

„Wieso? Kommt der Papst mit Gefolge?" Arno hatte nun den Rückwärtsgang eingelegt, um meine Neugier weiter zu forcieren.

„Nein … nicht ganz, mein Lieber. Du hast nachher drei Pauker an der Backe." Arno gluckste vergnügt.

„Pauker?"

„Na klar, Pauker!" bestätigte er. „Besser unter der Beschreibung Lehrer bekannt. Und zwar Lehrer des Gymnasiums in Schleiden. Und denen geht der Arsch auf Grundeis, sag' ich dir!"

Mich beschlich eine Ahnung, und ich ließ vor meinem geistigen Auge sämtliche ePaper, Internetbeiträge und Zeitungsberichte der letzten Monate, die ich gelesen hatte, durchlaufen…

„Nein!" war mein einziger Kommentar.

„Doch, Alwin!" widersprach Arno. „Die zwei toten Lehrer, die man im Hohen Venn und in Gemünd gefunden hat, waren ja der große Aufmacher in den Zeitungen. Aber es kommt noch besser…"

Wieder eine Pause. Ich tat ihm den Gefallen und drängte: „Nu' red' weiter!"

„Es gibt noch ein drittes Opfer, auch ein Lehrer des Schleidener Gymnasiums, aber der hat überlebt. Mehr weiß ich auch nicht, weil das noch so frisch ist, dass noch nichts in der Zeitung gestanden hat. Ich weiß nur, dass die werten Herren jetzt Panik haben, dass noch mehr Lehrer dieser Schule angegriffen werden. Nachher tauchen irgendwelche Studienräte bei Dir auf…" Arnos Notizblock raschelte wieder. „Es sind die Herren Strauch, Pesch und Vogel."

Er kicherte etwas albern.

„Habe ich irgendetwas nicht verstanden?" fragte ich.

„Na, Alwin! Du bist wirklich erst nach einer ganzen Kanne Kaffee zu gebrauchen. Pesch und Vogel … Pechvogel", belehrte er mich. „Ist doch ein klasse Wortspiel, du trübe Tasse."

Ich verabschiedete mich. Arnos gute Laune war nichts für einen Morgenmuffel. Anne-Catherine schickte ich eine SMS mit den Worten *Kunde winkt mit Auftrag,* legte mich eine halbe Stunde in die Badewanne und begab mich danach ins Büro, um die beiden Morde an den zwei Lehrern zu googeln.

Zweites Kapitel

Ich schaute aus dem Arbeitszimmer auf die Straße und entdeckte auf die Minute genau einen herannahenden älteren Mazda 626 in silbergrau mit Schleidener Kennzeichen. Das konnten die angekündigten Lehrer sein, und ein SLE auf dem Autokennzeichen war bezeichnend für den „Run" Richtung Straßenverkehrsamt, seit das verhasste EU wie Euskirchen gegen das Wunschkennzeichen SLE getauscht werden konnte. In der Städteregion Aachen war es nicht viel anders, denn die eingefleischten Monschauer besannen sich auf den Altkreis Monschau, und das typische AC auf den Autokennzeichen musste für ein MON weichen.

Der Mazda hielt, und ein kleiner Glatzkopf mit witziger Nickelbrille auf dem Beifahrersitz studierte die Hausnummern und nickte eifrig, als müsse er sich selbst bestätigen, dass er und sein Chauffeur ihr Ziel erreicht haben. Ich las auf seinen Lippen ein vermutliches 'da ist es', und der Mann hinter dem Lenkrad nickte schweigend.

Ich ging bereits zur Haustür und sah beiden Männern zu, wie sie schnell einige ungeordnete Papiere vom Rücksitz nahmen. Der Kleine mit der Glatze entdeckte mich und nickte freundlich. Ich biß auf meine Unterlippe, um ein Schmunzeln zu vermeiden, denn er erinnerte mich an die Zeichentrickfigur *Schweinchen Dick,* denn er war nicht nur klein und kompakt, sondern von einer unglaublich rosigen Gesichtsfarbe geprägt. Er war mir spontan sympathisch. Sein Begleiter folgte ihm mit eiligen Schritten und stellte einen absoluten Kontrast dar, denn er war sehr groß – locker einsfünfundneunzig – und sehr hager. Diese knappen zwei Meter auf langen Stelzen wogen vermutlich weniger als 75 Kilo, und Anne-Catherine würde ihn mit ihrem gewohnt kessen Mundwerk mit *'der klappert beim Sex'* umschreiben.

Der Kleine streckte mir die Hand entgegen und sagte freundlich: „Roland Vogel, mein Name. Sie müssen Herr Schreer sein."

Ich nickte nicht minder freundlich, schüttelte die angebotene Hand und reichte sie auch seinem dürren Begleiter, der sich mit „Hallo Herr Schreer, ich bin Helmut Pesch" vorstellte.

Ich bat beide Besucher mit einer Geste, einzutreten.

„Ich gehe vor, meine Herren. Das Wetter ist so angenehm, dass wir uns einfach auf die Terrasse setzen. Kommt Herr Strauch gleich nach?"

Wir setzten uns, und ich deutete auf das Mineralwasser und die Kanne Kaffee, die ich bereits vorbereitet hatte. Die Herren Pesch und Vogel – verdammter Arno ... jetzt hatte ich dauernd dieses

Pechvogel im Schädel – entschieden sich für das Mineralwasser, während ich mein Lieblingsgetränk Kaffee bevorzugte.

„Nein", begann Helmut Pesch. „Nachdem er vor knapp vierzehn Tagen niedergeschlagen und danach entführt wurde, hat er sich gestern ganz spontan entschieden, mit seiner Frau und seinen Kindern die nächsten vier Wochen bei seinen Schwiegereltern im Hunsrück zu verbringen. Arbeiten kann er nach dem Ende der Schulferien eh noch nicht, da sein Angreifer ihm den rechten Arm gebrochen hat und der Bruch recht kompliziert ist."

„Aber Sie beide sind noch berufstätig?" fragte ich. „Ich kann nicht so recht einschätzen, wie alt oder jung Sie sind."

Nun schmunzelte Roland Vogel: „Nein, Herr Schreer, wir sind beide mittlerweile pensioniert. Der Kollege Pesch ist siebenundsechzig Jahre jung, und bei mir kommt noch ein Jährchen hinzu."

Sein Lächeln verschwand einen kurzen Moment, und er ergänzte: „Und wir möchten noch ein paar Jahre sorgenfrei genießen."

Ich schwieg und schaute beide erwartungsvoll an. Es war nun Helmut Pesch, der das Wort ergriff: „Sehen Sie, Herr Schreer, Roland und ich haben beide fast das ganze Berufsleben an der Schule in Schleiden verbracht. Als Referendare waren wir zuvor in

Aachen, beziehungsweise Roland war zunächst Referendar in Bonn." Er nippte an seinem Glas Wasser, bevor er fortfuhr: „Wir sind auch jetzt noch der Schule eng verbunden, denn sie ist ein erheblicher Teil unseres Lebens. Wir haben Jahrzehnte dort mit Kindern und Jugendlichen gearbeitet."

Roland Vogel nutzte eine kurze Denkpause von Pesch, um an dessen Worten anzuknüpfen: „Sie sind ja durch Ihren Mitarbeiter, mit dem ich gestern telefonierte, im Bilde. Wahrscheinlich haben Sie auch die Berichterstattung der letzten Monate verfolgt."

Ich nickte, und Vogel fuhr fort: „Dass zwei unserer ebenfalls pensionierten Kollegen ermordet wurden und jetzt mit Strauch ein dritter Lehrer unserer ehemaligen Schule überfallen und ernsthaft verletzt wurde, lässt befürchten, dass jemand aus absolut kranken Gründen die Lehrerschaft unserer Schule auslöschen will."

Nun sprach Pesch weiter: „Die jetzigen Lehrkräfte, aber auch solche wie Roland und ich, die pensioniert sind, leben im Moment in vollkommener Unruhe. Und nachdem der Kollege Strauch mehr Glück als Verstand hatte, würde ich sogar von Panik reden."

Ich nutzte das eingetretene Schweigen: „Sind Sie einverstanden, wenn ich bei den Fragen, die ich Ihnen stelle, ein Diktiergerät laufen lasse? Es kann von Nutzen sein, wenn ich den Fall mit meiner

Partnerin bespreche."

„Aber nur, wenn Sie den Auftrag auch annehmen, Herr Schreer", schränkte Vogel ein. „Ihr Mitarbeiter hat uns gestern bereits sehr eifrig über Ihre Tagessätze und Spesen aufgeklärt, und wir akzeptieren!"

Arno mal wieder! Auch wenn der Auftrag mörderisch war, ein leichtes Schmunzeln konnte ich nicht ganz unterdrücken. Arnos Eifer bestätigte mal wieder, dass er eben das 'Mädchen für alles' war und nun auch Tagessätze durchsetzte, während Anne-Catherine und ich stets über die Art Auftraggeber fluchten, die zunächst verhandeln wollten und dann auch die Preise drückten.

„Dann steht uns nichts im Wege", bestätigte ich und schaltete das Diktiergerät an. „Lassen Sie uns bitte erst über Ihren Kollegen Strauch reden. Was genau passiert ist, war der Presse nur recht oberflächlich zu entnehmen."

Helmut Pesch öffnete eine Mappe und reichte mir Kopien diverser Zeitungsberichte: „Ich habe Ihnen gestern vorsorglich alles zusammengestellt, was nicht nur Strauch, sondern auch den zwei toten Kollegen angetan wurde." Er atmete tief ein. „Nun, den Kollegen Strauch betreffend, wissen wir mehr als die Presse. Schließlich haben wir uns nach diesem Überfall mit ihm und anderen Kollegen wiederholt getroffen und überlegt, was wir noch tun können, um bald wieder ruhig zu schlafen. Carsten Strauch hat uns erzählt, dass er sich fast jeden Freitag mit einem Freund aus Heimbach auf einem Parkplatz in der Nähe von Wolfgarten trifft. Beide sind Sportfanatiker und haben dort anscheinend einen prima Laufpfad."

Vogel übernahm: „An dem, naja, unheilvollen Abend hat sich der Kollege Strauch nach Wolfgarten begeben und an der üblichen Stelle, wie er es umschrieb, sein Auto geparkt. Dann hat ihn ein Unbekannter mit einem Kantholz niedergeschlagen. Er erzählte, dass er nichts und niemanden gesehen hat."

Vogel überlegte kurz: „Das Kantholz hat die Polizei später sichergestellt. Jedenfalls muss der Angreifer mehrfach zugeschlagen haben, nachdem Strauch schon ohnmächtig war. Dabei hat er ihm auch den Arm gebrochen und andere Verletzungen zugefügt."

„Dass Carsten Strauch noch lebt, verdankt er seinem fast leeren Tank. Er wollte wohl auf seinem Rückweg in Gemünd tanken, erzählte er uns später, und er war quasi mit dem letzten Tropfen Sprit unterwegs. Der Unbekannte hat ihn in den Kofferraum seines eigenen Wagens verfrachtet und sich über Gemünd auf den Weg Richtung Vogelsang gemacht. Und auf der B266, quasi mitten in der Ortschaft Morsbach, blieb der BMW mit leerem Tank stehen. Sein Peiniger ist dann verschwunden, ohne sein Werk zu vollenden. Zeugen gibt es allerdings keine."

„Gut", sagte ich. „Die Unterlagen schaue ich mir später in Ruhe an. Über beide Lehrer, die vor der Entführung von Herrn Strauch getötet wurden, weiß ich einiges aus der Tagespresse und habe vor Ihrem Besuch auch im Internet recherchiert. Aber gerade auch diese beiden Opfer betreffend, kann alles von Bedeutung sein, was nicht in der Zeitung nachzulesen war. Fangen wir mit dem ersten Opfer an. In der Presse war immer die Rede von einem *Franz-Josef S.* – eben ohne die Nennung seines Nachnamens..."

„Richtig, Herr Schreer", bestätigte Helmut Pesch. „Sturm ist sein Nachname, Franz-Josef Sturm, und er wurde 70 Jahre alt. Der Mord geschah zwei Tage nach seinem Geburtstag. Der andere tote Kollege hieß Ewald Kling."

Nun fuhr Vogel fort: „Wie Sie der Presse sicher entnommen haben, wurde Sturm nahe von Haus Ternell zwischen Mützenich und Eupen Mitte Mai tot aufgefunden. Die Stelle, wo man ihn fand, war laut Aussage der belgischen Polizei weniger als 150 Meter von dieser furchtbaren Holperstrecke Richtung Eupen entfernt. Nach seiner Pensionierung, kann aber auch schon früher gewesen sein, ist er mit seiner Frau nach Eupen verzogen, was erklärt, wieso er im Hohen Venn aufgefunden worden ist. Der Mörder hat ihn übel malträtiert, hieß es, aber Details wissen wir auch nicht. Jedenfalls soll er qualvoll erstickt sein."

„Details erfahre ich vermutlich von einem Freund, der als belgischer Journalist meist bestens Bescheid weiß, was sich im deutschsprachigen Teil Belgiens abspielt", erklärte ich. „Es sind manchmal nur Kleinigkeiten, aber vielleicht weiß er mehr, als tatsächlich in den Zeitungen stand."

„Dann werden Sie auch schnell feststellen, dass der Franz-Josef kein einfacher Charakter war", sagte Roland Vogel mit einer nunmehr längeren Denkpause. „Er war bei vielen Kollegen unbeliebt, denn er hatte politische Ansichten, die vollkommen abwegig waren."

„Eher rot oder braun gefärbt?" fragte ich, denn nun wurde es richtig interessant.

„Zweiteres", antwortete nun Helmut Pesch. „Und auch Ewald Kling hatte diesen Stempel." Er nippte wieder an seinem Glas. „Kling war im Jahr 2000 Mitgründer der RFE, die mittlerweile keine politische Rolle mehr spielt, aber als sehr rechts orientierte Partei all die Klischees und Halbwahrheiten über Menschen verschiedener Kulturen und Religionen aufschnappte und bei Bedarf auch verdrehte – so wie es gerade passte."

„RFE...?" Ich rätselte. „Sagt mir im Augenblick nicht viel..."

„*Rechts für Europa* ... RFE", erklärte Pesch. „Franz-Josef folgte dem Kollegen Kling in diese Partei ein oder zwei Jahre nach der Gründung. Das erste Ziel der RFE war, bei Kommunalwahlen im Kreis Euskirchen, der heutigen Städteregion Aachen, Aachen selbst und dem Kreis Düren in die Rathäuser zu ziehen." Und Pesch ergänzte wenig lehrerhaft: „Aber die Eifler und die Öcher sind ja nicht doof!"

Vogel übernahm: „Natürlich gab es vor eben rund fünfzehn Jahren wegen den beiden Kollegen an der Schule viel Unruhe und Ärger. Die politische Gesinnung führte zu vielen Fragen, und natürlich zu sachlichen und ebenso unsachlichen Kritiken. Letzteres wurde leider arg überzogen, so dass Kling und Sturm sich letztlich als Verleumdungsopfer darstellen konnten."

„Zum Kotzen!" kommentierte ich.

„Nicht nur das!" bestätigte Vogel. „Das Programm dieser RFE war – und ist - bedenklich, aber objektiv leider nur hart an der Grenze. Der eingeforderte Nationalismus war anders als bei anderen rechten Parteien, die nur *Deutschland den Deutschen* pöbeln und dabei auch kein Problem damit haben, wenn bei Veranstaltungen ihre Teilnehmer schon mittags volltrunken sind."

Nun übernahm wieder Helmut Pesch das Wort: „Die RFE hatte als oberstes Ziel, dass Nord- und Westeuropa ohne den Osten und den Süden ein Bündnis darstellt. Konkret benannt wurden in deren Ideologie Finnland, Schweden, Norwegen, Irland,

Island, Großbritannien, Dänemark, Deutschland, die Niederlande, Belgien, Luxemburg, Frankreich und Österreich." Pesch las dies von den Notizen ab, die er vor sich auf dem Tisch ausgebreitet hatte. „An dieser Idee hat sich nichts geändert. Kurz und gut, diese RFE hat das Ziel, dass all diese Länder sich gegen Ost- und Südeuropa wegen angeblicher unüberwindbarer Unterschiede in der Mentalität, der Kultur an sich und teils der Religion abschotten. Darum hat diese Partei auch mehr als 15 Jahre versucht, diese Idee in den 'Wunschländern' zu verbreiten. Hat aber nicht funktioniert."

Vogel nutzte die Pause: „Das Thema und die Ideen sind natürlich komplexer. Südländer, Anhänger anderer Religionen und Menschen, die einfach anders aussehen, sind das aktuelle Feindbild, so dass die RFE sich seit ein paar Monaten in und rund um Aachen neu aufstellt. Mit den ganzen Flüchtlingen, die nach Europa kommen, dem Terror des Islamischen Staats in Europa und bedenklichen politischen Entwicklungen in verschiedenen Ländern, hat die RFE wieder mehr Gehör denn je und schwappt auch erfolgreich über die Grenze nach Belgien herüber."

„Sie glauben also, dass die Morde politisch motiviert sind?" fragte ich.

Vogel macht eine vage *Könnte-sein-Handbewegung*: „Abwegig ist der Gedanke jedenfalls nicht. Die

Möglichkeit wird auch von der Polizei geprüft. Wir machen uns aber trotzdem Sorgen, dass es gegen die ehemaligen und heutigen Lehrer unserer Schule in Schleiden geht. Denn in die politische Schublade passt Carsten Strauch im Grunde nicht. Ich glaube mich zu erinnern, dass er eher als 'links' verschrien war. Wenn es aber um Muslime ging, war er oft absolut verbissen. Er feindete den Islam grundsätzlich als intolerant und frauenfeindlich an, aber meines Erachtens nicht links oder rechts argumentiert, sondern einfach von seinen eigenen Prinzipien überzeugt. Und cholerisch konnte er sein, so wie ich ihn aus meiner aktiven Zeit noch in Erinnerung habe."

Er unterbrach seine Ausführungen kurz und setzte fort: „Zurück zur RFE, Herr Schreer, eines ist in Sachen RFE noch erwähnenswert... ihre Gründer, so heißt es, achten penibel darauf, dass ihre Partei nicht durch prolliges Verhalten irgendwelcher Anhänger in Verruf gerät. Bei Informations-veranstaltungen – regelmäßig in Aachen und Düren – wird grundsätzlich kein Alkohol ausgeschenkt. Es wird zudem sehr darauf geachtet, dass das äußere Erscheinungsbild gepflegt wirkt und Mitglieder oder Anhänger nicht durch fragwürdige Fahnen, Motto-Shirts oder eindeutige Tätowierungen den Eindruck von rechtem Proll-Pack hinterlassen." Vogel machte erneut eine Pause und zog einen USB-Stick aus seiner Hosentasche. „Zu den Papieren, die wir mitgebracht haben, habe ich Ihnen noch einiges zusammengestellt, was ich über die RFE und über die beiden toten Kollegen gefunden habe. Ich habe auch mit der Witwe von Kling telefoniert. Sie und ihr Sohn sind auch einverstanden, falls Sie mit beiden sprechen wollen. Bei Frau Sturm war es schwieriger, aber sie hat letztlich auch zugestimmt."

Drittes Kapitel

Als sich Vogel und Pesch gestern Abend verabschiedeten, waren es fast 20 Uhr. Welsch und Anne-Catherine waren gegen 18 Uhr auch eingetroffen, so dass beide bereits den aktuellen Wissensstand in unserem neuen Fall hatten.

Wie so häufig, löste Anne-Catherine die Option *Gästezimmer* ein. Unsere langjährige Freundschaft und die Zusammenarbeit seit nun fast zwanzig Jahren bedeutete mir unendlich viel.

„Aufstehen, du Schlafmütze!" rief sie aus dem Erdgeschoß durch den Hausflur. Mein Blick auf den Wecker verriet grausam frühe acht Uhr.

„Ich komme gleich!" antwortete ich verschlafen. *Gleich* konnte in meinem Fall auch noch eine halbe Stunde Dösen bedeuten. Anne-Catherine kannte meine Gewohnheiten und rief schon aus taktischen Gründen extra früh.

Anne-Catherine, frankophon und auch wallonisch, war vier Jahre jünger als ich. Zumindest sagten das die Geburtsurkunden klar und deutlich aus. Meinen *runden Geburtstag*, eben jene glatte fünfzig Lebensjahre, sah man mir auch äußerlich an. Geschätzt ging ich grundsätzlich als *'so um die fünfzig'* durch. Wer sich indes Anne-Catherine näher betrachtete, musste zum Ergebnis kommen, dass sie vielleicht *'Anfang bis Mitte dreißig'* sei. Sie war Sportlerin durch und durch, und sie war fit wie ein Turnschuh. Langlauf, Marathon, Mountainbiking und einige asiatische Kampfsportarten waren fester Bestandteil ihres Lebens. Neuerdings war Bogenschießen eine weitere Liebelei von Anne-Catherine. Ihr Trainingsequipment war fester Bestandteil meiner vier Wände geworden, denn hinter meinem Haus hatte Anne-Catherine ausreichend Platz, um *Robin Hood* zu spielen. Wenn ich sie damit aufzog, wies sie immer auf die momentan in Brasilien ausgetragenen Olympischen Spiele hin und, ja, ich gab zu, dass es natürlich auch ein Sport ist.

Neben dem durchtrainierten Körper fiel auch ihre hellblonde Kurzhaarfrisur als kess und jugendlich auf. Und ihr Teint verriet keinerlei Alters- oder Abnutzungserscheinungen durch Solarium, Sonnenbäder oder Rauchen. Ihre einzweiundsiebzig Lebendgröße wurden grundsätzlich nicht auf Stöckelschuhen, sondern ausnahmslos in Sport- oder Turnschuhen durch den Tag bewegt.

Nahezu sportlich mag man auch ihre schnelle Auffassungsgabe, das analytische Denken und ihr Durchsetzungsvermögen umschreiben. Und musste Anne-Catherine sich zwischen *Warten* oder *Handeln* entscheiden, hatte Letzteres grundsätzlich den Vorzug. Dies natürlich, nachdem das kluge Köpfchen rasend schnell die erwähnte gedankliche Analyse vollzog, und im Fall Anne-Catherine waren dies Millisekunden.

„Gib Gas, Alwin!" tönte es wieder. „Welsch hat auch schon angerufen."

„Jaja, bin gleich da!" rief ich zurück. „Ich nehm' nur fix den Umweg Richtung Badezimmer!"

Eine halbe Stunde später saß ich Anne-Catherine in der Küche gegenüber. Der Kaffee duftete köstlich, und sie hatte bereits frische Brötchen im kleinen Dedenborner Lebensmittelladen besorgt. Rührei mit Speck gab es nur an Tagen wie heute, wenn Anne-Catherine tags zuvor das häufige Gastrecht in Anspruch nahm. Wurst und Käse rundeten den Frühstückstisch gelungen ab.

„Ich hab' schon rumtelefoniert und alles organisiert", schmatzte sie mir ins Ohr. „Die Witwe von Ewald Kling erwartet uns im Laufe des Vormittages. Wir können kommen, wann es uns am bestens passt."

„Ist der Sohn auch da?" fragte ich.

Nein, aber ich habe ihn auch schon telefonisch erreicht, denn seine Mutter hat mir die Handynummer gegeben. Er hat erst morgen Vormittag Zeit. Michael Kling steckt mitten im

Umzug. Er wohnte noch bei den Eltern in Gemünd in der Kurparkstraße, zieht aber jetzt ein paar hundert Meter von *Pension Mama* entfernt in die Urftseestraße. Die genauen Adressen habe ich notiert. Liegen im Büro."

Einmal mehr erwies sich, dass Anne-Catherine bereits ab sieben Uhr in der Frühe auf Hochtouren war, während ich mindestens bis zehn Uhr brauchte, um in die Gänge zu kommen.

Fleißig kauend nickte ich, und ein 'Daumen hoch' ermunterte Anne-Catherine, ihre Ausführungen fortzusetzen: „Mit Welsch bin ich so verblieben, dass er den Kontakt zur Witwe von Franz-Josef Sturm sucht und kurzfristig zu ihr nach Eupen fährt. Falls es sich für heute einrichten lässt, will er schauen, ob er auch Pete erwischt. Er weiß mit Sicherheit mehr darüber, was die belgische Polizei an Erkenntnissen hat, die Franz-Josef Sturms Ermordung betreffen."

Ich nickte, meine Kauwerkzeuge hatten ihren Dienst getan, und ich konnte wieder ohne vollen Mund reden: „Mit Sicherheit hat Pete noch ein paar Details. Ich habe online seine Berichte zum Tod von Sturm gestern Abend gelesen, als Du bereits geschlafen hast. Die Fotos ließen den Eindruck entstehen, dass er frühzeitig am Tatort nahe von Haus Ternell aufgeschlagen ist."

„Warten wir ab, was Welsch uns an Infos später mitteilt", sagte Anne-Catherine. „Aber beim Thema

Auffindungssituation von Ewald Kling hat Welsch bereits nähere Informationen besorgt, als in der Presse zu lesen war. Seine Ex-Kollegen der Schleidener Polizei haben ihrem alten Chef einiges erzählt, dass ich recht verstörend finde, wenn ich es mir bildlich vorstelle."

Für den Fall, dass es unappetitlich werden sollte, war zumindest das Thema Frühstück beendet. Bei Kaffee indes konnte mich nichts irritieren.

„Was hat unser guter Welsch denn erzählt?"

„Ewald Kling wurde Anfang Juni in der Nähe des Gemünder Kurparks tot aufgefunden. Der Fundort ist zwischen der ehemaligen Grundschule und dem Freibad, und die Klings wohnen ja recht nah in der erwähnten Kurparkstraße. Wahrscheinlich ist er sehr spät mit seinem Hund vor die Tür, weil das Tier sein Geschäft erledigen musste. Der Täter muss Kling aufgelauert haben und hat ihn überwältigt. Den Hund, das ist wohl ein kleiner Dackel gewesen, hat er getreten oder geschlagen, weil der vermutlich bellte."

„So ein Arschloch!"

„Dem Hund geht's wohl wieder gut, was man von Ewald Kling nicht mehr sagen kann. Jetzt kommt's, Alwin", Anne-Catherine sortierte erneut die Gedanken: „Der Mörder hat Kling der Länge nach auf einer Parkbank fixiert. Dazu hat er simplen

Blumendraht benutzt, diesen aber so fest an den Hand- und Fußgelenken gezogen, dass diese bereits tief in die Haut einschneiden mussten, bevor er tot war. Um den Hals hat er ihm ebenfalls eine Schlinge aus Draht gelegt, aber nicht so fest angezogen wie an Händen und Füßen."

„Das ist ja vollkommen abgefahren! Wer mit Draht und Zange im Köfferchen sowas anstellt, muss sich vorbereitet haben und vor allem wissen, dass sein Opfer unter Umständen das Haus nochmals spät verlässt."

„Das waren nicht nur Draht und Zange, mein lieber Alwin, der Typ hatte noch einiges mehr dabei. Zunächst hat er seinem Opfer eine Papiertüte über den Kopf gezogen, aber so, dass er nicht erstickt. Dann hat er Kling durch die Tüte einen Trichter in den Mund gerammt, und er hat alles sorgfältig mit Klebeband stabilisiert. Und jetzt kommt der größte Teil der Mitbringsel ins Spiel … fünf Flaschen Wodka und eine Flasche Strohrum. Die hat er Kling komplett eingeflößt. Selbst wenn die Hälfte danebengegangen sein sollte, das wirft sogar einen Elefanten um."

„Puh", sinnierte ich. „Strohrum mit geschätzt 80% Alkohol, dazu der ganze Wodka, der nochmals 40% Alkohol haben dürfte…"

Anne-Catherine nickte: „Er hatte über fünf Promille im Blut. Das überlebt selten jemand. Schon bei vier Promille kann man den Löffel abgeben. Kling aber –

und gut, dass das Frühstück vorbei ist, so empfindlich wie Dein Magen immer zickt – der ist letztlich an seinem eigenen Erbrochenen erstickt."

„Tja, und wenn er es überlebt hätte, wäre Kling vermutlich mit einem irreparablen Hirnschaden nur noch ein Schatten seiner selbst."

„Ach ja, das hatte ich fast vergessen!" fiel Anne-Catherine ein. „Arno hat heute endlich Zeit, um die letzten zwei Wände im Büro zu streichen. Wir sollen den Haustürschlüssel wie üblich beim Nachbar deponieren. Er taucht dann im Laufe des Vormittags auf und streicht den Rest."

Viertes Kapitel

Wir nahmen meinen Duster und machten uns von Dedenborn auf den Weg nach Gemünd. Die Kurparkstraße war mir vertraut, da ich viele Jahre in Gemünd gewohnt und dort auch Anne-Catherine kennengelernt hatte, denn ihr Patenonkel hatte ihr Ende der 1980er Jahre ein kleines Haus in der Maisbergstraße vermacht. Gern war sie dort allerdings nicht mehr, seit in der direkten Nachbarschaft eine Großwäscherei eine Halle nach der anderen aus dem Boden stampfte.

Unser Weg führte durch Einruhr Richtung Vogelsang. Am Ortsausgang stand die stationäre Radarfalle, mit der ich seit Jahren in gewisser Weise 'eng verbunden' war. Zu häufig war mir Post wegen einer Geschwindigkeitsüberschreitung ins Haus geflattert. Und es war immer nur diese 'Knipse', die mich erwischte. Heute aber gab es kein neues Foto für das Familienalbum.

Dafür stand, nachdem wir den Kreisverkehr an der ehemaligen NS-Ordensburg Vogelsang passiert hatten, eine mobile Radarfalle an der B266. Aber auch diese erwischte meinen Dacia nicht. Das konnte richtig teuer werden, denn anstelle der einstigen Tempo 70 war nur noch Tempo 50 angesagt. Von Morsbach ging es durch die sich direkt anschließende kleine Ortschaft Herhahn und nach einigen Kilometer sahen wir das Ortschild von

Gemünd und bogen gleich bei der ersten Möglichkeit links ab. Anstelle einer Kreuzung gab es mittlerweile auch hier einen Kreisverkehr. Rechts ging es Richtung Fußgängerzone und links den Alten Römerweg hoch Richtung Salzberg, aber Anne-Catherine und ich nahmen die zweite Ausfahrt in die Urftseestraße.

Nach wenigen Metern bogen wir hinter dem Finanzamt rechts in die Kurparkstraße und hielten vor dem Haus der Witwe Kling. Schräg gegenüber – zwischen dem Gebäude, in dem das Finanzamt untergebracht war und den Räumlichkeiten des Fördervereins Nationalpark Eifel e.V. sahen wir in gut 30 Metern Entfernung einige Jugendliche und ein paar Twens auf einer Wiese, die aufgeregt wirkten und mit Händen und Füßen gestikulierten. Als sie uns erblickten, drehten sich gut ein Dutzend Köpfe in unsere Richtung.

Anne-Catherine schaute sich jedoch das Haus von Frau Kling an und schüttelte den Kopf: „Was für eine Schweinerei!"

Sie deutete auf wüste Schmierereien an der Hauswand. Da war jemand mit rotem Farbspray aktiv gewesen, und in großen Lettern war 'Verpiss dich Nazischwein' und daneben 'M.K. du braune Sau'. Letzteres dürfte eindeutig an Klings Sohn Michael adressiert sein und schien ganz frisch aufgesprüht. Der erste Kommentar mit der Verpissens-aufforderung wirkte blasser, als sei jemand mit

Wasser und Bürste zur Tat geschritten, aber der Erfolg der Reinigungsaktion hielt sich in Grenzen.

„Ja, immer der gleiche Schwachsinn", bestätigte ich. „Rote sprühen Farbe gegen Braune, und braune Idioten prollen in Farbe gegen rote Deppen. Was bleibt, ist immer eine hässliche Schmiererei, die grundsätzlich zum Kotzen ist und das Stadtbild versaut", stellte ich fest.

Als ich das kleine Gartentor zum Haus der Witwe Kling öffnete, kam Leben in das Dutzend Leute auf der Wiese. Einige, die im Schneidersitz auf dem Rasen gesessen hatten, standen auf. Das Grüppchen setzte sich in Bewegung und kam recht zackig auf uns zu.

„Alwin", raunte Anne-Catherine, „Das riecht nach Ärger. So wie die angezogen sind, ist da wohl die linke Fraktion auf Pilgerschaft."

„Ja, sehe ich auch so."

„Hey, ihr zwei Vögel! Bleibt mal steh'n!" schallte es, mittlerweile nur noch einige Meter entfernt.

Anne-Catherine und ich hatten keinen Anlass, sofort zu reagieren. Klar, wir waren gemeint, aber der ornithologische Aspekt der Anrede dürfte vielleicht einige Spatzen oder krakeelende Elstern betreffen. Dann jedoch gab es den ersten dezenten Rempler.

Rechts neben Anne-Catherine standen plötzlich zwei junge Männer, geschätzt achtzehn bis zwanzig Jahre alt, und ein junges Mädchen, das ich auf vierzehn schätzte. Sie sahen ähnlich zerknautscht aus wie Besucher von *Rock am Ring* nach drei Tagen Party.

Der Schmuddel-Look war dann doch eher ein Fake, eben diese Mode mit zerrissenen Jeans für 119 Euro, wo die Löcher teurer als der Stoff sind.

Mein persönlicher Drängler versperrte mir nun den Weg. Er sah dann doch original schmuddelig aus, roch ein wenig streng, und ich schätzte ihn auf Mitte zwanzig.

Ich betrachtete ihn und entschied mich, aufrichtig zu sein: „Mein lieber Freund, du stinkst!"

„Und du?" zickte er. „Ehrengast der Nazi-Klings? Dein Auto hat ja sogar die passende Farbe!" Sein knappes Dutzend Begleiter feixte und johlte.

Ich grinste: „Mein lieber, streng riechender Gesprächspartner, das ist ein Duster, und das braun-metallic ist eine Trendfarbe. Du trägst übrigens braune Schuhe, und das hat vermutlich auch keinen politischen Hintergrund."

Während mein neuer Freund sich anscheinend gehörig auf den nicht vorhandenen Schlips getreten fühlte, sah ich in dem Haus der Familie Kling eine ältere Frau am Fenster. Sie telefonierte und schaute sich an, was vor ihrer Haustür geschah.

Nun mischte sich Anne-Catherine ein und tat das, was eigentlich nicht zu ihr passte. *Madame Impulsiv* versuchte den Stinker zu beschwichtigen: „Junge, komm' runter! Du bist komplett im falschen Film. Sei friedlich und mach Platz!"

Die Antwort war anders als erhofft: „Ach, das Fräuleinwunder kann auch reden! Was stellst du denn dar, so krass hellblond und blauäugig? Arier und Herrenmensch, oder was?"

Er stieß ihr mit dem Zeigefinger gegen die Stirn. Das konnte jetzt ganz schnell aus den Fugen geraten.

Bevor ich etwas sagen konnte, kam die passende Warnung meiner Partnerin: „Nicht anfassen, Blödmann! Das geht sonst ganz übel nach hinten los."

Der Stinker ließ ein höhnisches Grunzen ab und gab Anne-Catherine einen Schubs, sie strauchelte gegen einen Halbstarken mit Rastalocken, der hinter ihr stand, dieser schubste sie gegen den Stinker, und dann geschah, was die Jungs sich gefragt hatten – mit einer kaum vorstellbaren Schnelligkeit machte Anne-Catherine eine Drehung und verpasste dem Rastaman eine Ohrfeige, die ihn zu Boden gehen ließ. Sofort ging nun der Stinker auf sie los, aber mit einer erneuten Drehung und sich duckendem Oberkörper landete sie einen heftigen Tritt in den

Bauch des mutmaßlichen Anführers der Clique, und Stinker klappte zusammen. Ein bisher ruhiger Mitstreiter der beiden zu Boden gegangenen Männer griff nun mich an, aber Anne-Catherine hatte ihre verschiedenen asiatischen Kampfsportarten noch nicht auf ‘OFF‘ gestellt, und dieser Dritte im Bunde ging nach einem weiteren Tritt zu Boden. Nicht beabsichtigt, aber als Konsequenz der schnellen Reaktion auf den Angriff, erwischte sie den Angreifer Numero drei heftiger als gewollt, und eine gebrochene Nase war die Folge.

Während er vor Schmerz laut aufschrie und sich das Gesicht hielt, wichen die übrigen Freunde des zu Boden gegangenen Trios zurück. In diesem Augenblick schoss ein Polizeifahrzeug in die Kurparkstraße und ließ die Sirene kurz aufheulen. Die restliche Meute rannte fort, ohne sich um die drei Verletzten zu scheren. *Schöne Freunde*, dachte ich und konnte mir noch einen aus der Clique greifen. Er erstarrte recht unerwartet und rührte sich nicht.

Wie vermutet, hatte die telefonierende Frau am Fenster, die Frau Kling sein musste, die Polizei angerufen. Eine Streife war anscheinend in unmittelbarer Nähe unterwegs gewesen.

Die beiden Polizisten stiegen aus, und jener, der Beifahrer war, grinste: „Alwin und Anne-Catherine – wie schön, euch mal wieder zu treffen.“

Achim Mönch war einer der besten Freunde von Welsch, und in den letzten Jahren trafen wir uns immer in Kalterherberg, wenn Reiner Welsch seinen Geburtstag feierte. Seine Kollegin, die den Polizei-Passat gefahren hatte, stellte sich kurz mit „Marion Becker, hallo" vor.

Der Halbstarke mit der gebrochenen Nase und dem blutigem T-Shirt meldete sich zu Wort und brüllte unter Tränen der Wut: „Diese Schlampe, ich zeig' dich an, du blöde Kuh!"

„Nichts davon tust du, Wuttke!" fuhr Achim Mönch ihn an. „Wir waren früh genug in der Straße, um zu sehen, wie du dich auf Schreer und Vartan gestürzt hast."

Seine Kollegin forderte währenddessen einen Krankenwagen an. Der offene Bruch war alles andere als ansehnlich. Der Knabe, den ich mir noch gepackt hatte, riss sich in diesem Augenblick los.

„Lass ihn laufen, Alwin. Wir kennen die Figuren alle nur zu gut und haben sie nach Klings Tod alle vorgeladen. Sie sind einschlägig bekannt", bremste mich Achim Mönch. „Die hängen regelmäßig hier ab, weil der alte Kling und sein Sohn in einer rechtsextremen Partei aktiv sind. Naja, der alte Kling ja nicht mehr…"

Mönch wandte sich an die die ersten zwei Angreifer und wurde laut: „Und ihr beiden Schlauberger seid ohne Hirn und Verstand zwei Privatermittler angegangen, die ich seit Jahren kenne! Beide sind *alles*, was ihr euch vorstellen wollt, aber sicher nicht rechtsradikal. Idioten, verdammte Bande!"

Der bisher namenlose Stinker rappelte sich langsam auf und wirkte plötzlich peinlich berührt. Sein Wandel erstaunte mich. Erst im dritten Anlauf gelang ihm, zunächst Anne-Catherine und dann mir in die Augen zu schauen: „Ja, sorry, verdammt. War nich' okay von mir." Er stockte und fuhr dann fort: „Ich heiße Klaus, Klaus Faber."

Ich nickte nur, denn ich hatte keine Lust, mich mit ihm zu unterhalten. Anne-Catherine sagte nur: „Denk' das nächste Mal nach, bevor du Leute einfach in eine Schublade steckst. Sonst bist du nicht viel besser als irgendwelche braunen Idioten."

Er nickte kurz und senkte seinen Blick.

Fünftes Kapitel

Nachdem die Polizisten Mönch und Becker den Rastaman und Klaus Faber gehörig die Leviten gelesen und für morgen Nachmittag in die Polizeistation bestellt hatten, beruhigte sich die Situation. Numero drei mit dem Nasenbeinbruch war auch versorgt und auf dem Weg ins St. Antonius Krankenhaus in Schleiden.

Anne-Catherine und ich waren danach von Frau Kling ins Haus gebeten worden. Wie der Blick durch das Fenster mich hatte vermuten lassen, hatte sie die Polizei kontaktiert. Frau Kling hatte eine gewinnende und liebevolle Ausstrahlung, und nichts an ihr ließ auch nur ansatzweise vermuten, dass ihre Familie politisch bedenklich braun gefärbt sein könnte. Im Gegenteil, Frau Kling schien herzensgut zu sein.

Wir schauten uns schweigend im Wohnzimmer um, während Frau Kling kurz in die Küche verschwand. Die Einrichtung wirkte, als sei die Zeit in den 1970er Jahren stehen geblieben. Ich fühlte mich unwohl und fand, dass das Mobiliar in dem ohnehin dunklen Wohnzimmer eine gewisse Tristesse verstärkte.

Diesen Eindruck verscheuchte Frau Kling, als sie mit einem Tablett eintrat und uns mit Kaffee und Gebäck versorgte. Sie setzte sich uns gegenüber in einen mächtigen Sessel und lächelte uns an: „Ich freue mich über Ihren Besuch. Es tut gut, zwei netten Menschen in die Augen zu schauen."

Anne-Catherine erwiderte das Lächeln: „Das hört sich so an, liebe Frau Kling, als wenn Sie selten Besuch haben. Oder vielleicht einsam sind. Durch den Tod eines Partners ist es vielleicht jetzt besonders schlimm."

Beide schienen einen guten Draht zueinander zu haben, sodass ich mich zurückhielt und Anne-Catherine das Gespräch überließ. Aber die erste Antwort von Frau Kling mochte uns beide verblüffen: „Ja, das stimmt natürlich. Ewalds Tod kam jäh und unerwartet. Und Sie mögen mich vielleicht für einen schlechten Menschen halten, aber nach dem großen Schock, als die Polizei mir die Nachricht überbrachte, kam die Erleichterung."

Frau Kling schwieg einen Augenblick und ließ uns dieses Eingeständnis verdauen. Den Moment nutzte ein zierlicher Dackel und tippelte ins Wohnzimmer und schnupperte zunächst an meinen Beinen, um dann Freundschaft mit Anne-Catherine zu schließen. Als seien sie alte Bekannte, ließ sich der Dackel nach einem flinken Satz auf ihrem Schoß nieder.

Wir schwiegen immer noch und Frau Kling sprach weiter: „Was mein verstorbener Mann für politische Ansichten hatte, hat mein Leben ruiniert. Aber er war nicht immer so, denn sonst hätte ich ihn kaum geheiratet." Sie dachte kurz nach. „Das ist jetzt vierundzwanzig Jahre her."

Die Wendung, dass Frau Kling so konsequent die politischen Ansichten ihres ermordeten Ehegatten verurteilte, überforderte mich immer noch. Mir fiel keine passende Frage ein.

Aber Anne-Catherine setzt behutsam an: „Ehrlich gesagt, Frau Kling, wir wussten auch nicht, was uns erwartet, wenn wir Sie besuchen. Wir haben vor allem einfach diese Auskünfte über Ihren toten Ehegatten. Und wir wissen ansonsten nur, dass Sie noch einen Sohn namens Michael haben."

Frau Kling nickte: „Auch den Michael betreffend, sind Sie nicht genau informiert. Michael ist mein Stiefsohn. Er ist jetzt sechsundzwanzig und hat bis vor wenigen Tagen noch hier gewohnt. Auf mein Drängen hat er sich eine eigene Wohnung gesucht."

„Jetzt bin ich wirklich überrascht, Frau Kling", schaltete ich mich ein. „Der Schwerpunkt aller Informationen, die wir erhalten haben, dreht sich vor allem um den politischen Hintergrund Ihres verstorbenen Mannes."

Frau Kling versuchte so etwas wie ein Lächeln, aber es misslang: „Als Michael vor sechsundzwanzig Jahren geboren wurde, verstarb seine Mutter. Kurz vor dem voraussichtlichen Geburtstermin hatte sie einen Autounfall. Das Kind konnte gerettet werden, aber seine Mutter starb an den Folgen des Unfalls." Sie holte tief Luft. „Einige Monate später lernte ich Ewald kennen, und ich war sicher, dass er die Liebe meines Lebens ist. Bald danach verlobten wir uns, und dann heirateten wir. Wir haben auch gemeinsame Kinder. Meine Tochter Solveig ist zwanzig Jahre und mein Sohn Christian einundzwanzig Jahre alt. Aber sie haben es nicht mehr ertragen. Als sie volljährig waren, sind sie ausgezogen."

Frau Kling war den Tränen nahe, und sie wirkte für einen Augenblick überfordert.

„Ist Ihnen lieber, wenn wir einen anderen Tag erneut vorbeikommen?" fragte ich.

„Nein, bleiben Sie bitte", klang es fast schon flehentlich. „Sie ahnen nicht, wie gut es tut, mit Menschen über all das zu reden. Wissen Sie, ab dem Tag, an dem Ewald seine wirren politischen Ideen entwickelte, war mir klar, dass ich mich in diesem Mann getäuscht hatte. Ich fühlte mich enttäuscht und getäuscht. Ich bin seit langer Zeit sicher, dass er einfach nur eine Frau gesucht hat, die seinen Sohn großzieht und funktioniert."

Ihre Stimme festigte sich zunehmend, obwohl diese Einsichten und Erkenntnisse Grund für eine tiefe Traurigkeit waren.

Als mein Mann dann Mitgründer dieser furchtbaren

RFE wurde, brachen mir die ohnehin wenigen Kontakte weg, die ich in Gemünd hatte. Die Leute waren irritiert und befremdet, und ich stand ziemlich allein da. Die drei Kinder füllten natürlich meinen Alltag aus, aber Michael entwickelte sich ganz schlimm durch Ewalds Einfluss. Solveig und Christian nahm er wahr, natürlich, aber seine ganze väterliche Energie investierte er in Michael. Das Schlimmste ist, dass Michael den verdrehten politischen Eifer seines Vaters komplett übernahm. Nein, er ist sogar schlimmer als Ewald. Ich zeige Ihnen nachher sein Zimmer, denn er hat noch nicht all seine Sachen abgeholt."

„Verstehe ich das richtig, Frau Kling, dass Sie Michael vor die Tür gesetzt haben?" fragte ich.

Anne-Catherine blitzte mich für die vielleicht etwas direkte Frage böse an, und der feinfühligen Frau Kling entging es nicht. Sie beugte sich vor und drückte kurz die Hand meiner Partnerin.

„Schon gut", jetzt lächelte sie wieder, „Ich habe Michael gesagt, dass ich einfach nicht mehr ertrage, dass unser Haus dauernd von jungen Leuten belagert wird, die mit diesem rechten Mist auf Kriegsfuß stehen. Und das aus gutem Grund! Nach Ewalds Tod wurde es mit Michael noch schlimmer. Er steigerte sich in den Wahn, dass sein Vater von – um ihn zu zitieren – *Ungeziefer, Menschmüll und Kameltreibern* ermordet worden sei. Es gab noch viel schlimmere Worte." Nach einem kurzen Augenblick sprach sie weiter: „Ewald hatte Einstellungen, die vollkommen indiskutabel sind. Er wollte einen vollkommen idiotischen Schnitt machen und Europa nach Mentalitäten definieren. Für ihn hieß das, dass sich Westeuropa von Süd- und Osteuropa abschotten muss, aber er hat bei allem verqueren Denken nie Richtung Rassenhass tendiert und auch Gewalt abgelehnt. Die RFE hatte auch deutlich in Ihren Statuten stehen, dass das demokratische System das höchste Gut ist."

Anne-Catherine entgegnete, vorsichtige Worte suchend: „Für mich wirkt es teilweise so, als wenn Ihrem Mann aber über die Jahre einiges entglitten ist."

Frau Kling nickte. „Ja, das stimmt allerdings. Aber seit in den letzten Jahren immer mehr Flüchtlinge nach Europa strömten, hat auch die RFE wieder Aufwind. Die jetzigen Köpfe an der Parteispitze setzen mittlerweile auch auf Hasstiraden. Die Wurzel des Übels hat sich mittlerweile in den Raum Aachen und Düren verlegt. Ewald hatte sich zunehmend zurückgezogen. Ich glaube, er kämpfte in seinem Inneren damit, was er mit der Gründung der RFE gut fünfzehn Jahre später angerichtet hat."

Frau Kling ermunterte uns mit einer Geste, das Gebäck erneut zu kosten und schenkte uns Kaffee nach. *Ein ganz lieber Mensch*, ging mir durch den Kopf.

„Treffen sich die Jugendlichen, so wie eben, schon lange vor ihrem Haus?" fragte ich.

„Nein, Herr Schreer, das ist erst seit zwei Wochen der Fall, weil Michael vollkommen ungebremst und ungehemmt zum Fremdenhasser geworden ist. Er ist nicht nur rechtsradikal und intolerant, nein, er ist mittlerweile gewaltbereit. Und das ist mittlerweile nicht nur in dem harten Kern in Aachen publik, nein, verdammt viele Gemünder und Menschen der Nachbarorte wissen es auch. Und sie protestieren dann mit solchen Schmierereien an meinem Haus, oder sie beobachten einfach von der Wiese gegenüber das Haus. Und Michael stellte sich dann auch noch ans Fenster und provozierte die jungen Leute."

„Was erwartet uns, wenn wir Michael morgen treffen?" fragte Anne-Catherine. „Er hat ja zugesagt."

„Ich bin sicher, dass er in Ihnen einfach nur ein Mittel zum Zweck sieht, neben der Polizei eine zusätzliche Chance, den Mörder seines Vaters zu überführen. Natürlich hat mein Stiefsohn jedes Recht der Welt, seinen toten Vater zu vermissen. Meine Tür ist für ihn immer noch offen, aber ich erwarte, dass er seine politischen Idiotien in meinen vier Wänden unterlässt. Sonst bleibt ihm meine Tür verschlossen." Sie schwieg kurz und schloss mit leiser Stimme ab: „Solveig und Christian kommen mich in Kürze wieder besuchen, weil Michael ausgezogen ist."

Wir hatten noch verschiedene Fragen, vor allem, ob Frau Kling sich vorstellen konnte, dass es ein Motiv gab, das – entgegen bisheriger Annahmen - vollkommen unpolitisch war, um ihren Mann zu töten. Sie konnte sich keinen anderen Grund vorstellen. Nachbarschaftsstreit gab es keinen, und die Nachbarn hielten ohnehin Abstand. Juristische Streitereien gab es ebenfalls keine. Auch Eltern, die vor vielen Jahren versuchten, den Rechtspopulisten von der Schleidener Schule entfernen zu lassen, gaben Ruhe, nachdem sich Kling im Jahr 2008 selbst um eine Versetzung nach Düren bemühte.

Frau Kling führte uns vor unserer Rückkehr nach Dedenborn noch in das Zimmer von Stiefsohn Michael. Der Sechsundzwanzigjährige hatte bereits das gesamte Mobiliar mitgenommen, aber verschiedene Poster und Plakate verrieten, dass seine rechte Gesinnung bedenkliche Formen angenommen hatte. Repros von Gemälden des umstrittenen Nazi-Vorzeigekünstlers Werner Peine wirkten in einem von einem jungen Menschen bewohnten Zimmer verstörend. Alles, was die Wände darüber hinaus schmückte – je nach Sichtweise eher verschandelte – war ähnlich gelagert. Dass ein junger Kerl sich zudem Plakate einer Leni Riefenstahl an die Wände pinnte, bediente ebenfalls den *braunen Sumpf*, in den sich Michael begeben hatte.

Eine ganz neue Erkenntnis, mit der Frau Kling sich warmherzig von uns verabschiedete, war der Hinweis, dass der provokante Stinker, der sich später als Klaus Faber vorstellte, vor vielen Jahren ein Klassenkamerad und früher auch ein Freund Michaels war, denn beide besuchten das Schleidener Gymnasium.

Die Freundschaft zerbrach in der Oberstufe vermutlich daran, dass Michael sich zur Jugendorganisation der RFE bekannte, die sich RJE – Rechte Jugend Europas – nannte.

Sechstes Kapitel

„Ist das nicht Pete's Fiat?" fragte Anne-Catherine als wir wieder in Dedenborn eintrafen. Ich stellte den Duster hinter den roten Fiat 500 ab.

„Ja, das ist er", bestätigte ich. „Und Welsch steht auch da."

Ich deutete mit dem Kinn zu einem Astra, der auf der gegenüberliegenden Seite parkte. Reiner Welsch besaß einen Schlüssel zum Büro, und er erschien bereits am Eingang, dicht gefolgt vom Pete Becker.

Wir begrüßten uns herzlich, Anne-Catherine bekam das obligatorische Küsschen rechts und links auf die Wangen, und ich schlug vor, dass wir uns auf die Terrasse setzten, denn im Büro hing noch der Geruch der Farben. Arno hatte fleißig den neuen Anstrich vollendet.

„Da ist noch ein Zettel von Arno. Aber Rechtschreibung ist nicht sein Ding", grinste Welsch und hielt mir das Blatt unter die Nase. „Wir haben uns anscheinend knapp verpasst."

‚Überaschung!' begann die Notiz mit der unverkennbar krakeligen Handschrift von Arno … *‚Weil ich grad gut dabei wahr, hab ich das Gästkloh auch neu gestrischen. Rest (die Abstellkamer) mach ich morgen. Hab darum den Schlüßel behalten. Muß*

jetz' aber weg. Hab Nachtdienßt bei Taxi Kramer.'

Ich schmunzelte. Was bei Arno in Sachen Rechtschreibung nicht funktionierte, glich er als exzellenter Kopfrechner aus.

Darum setzte ich ihn auch gern bei der Betreuung des Web-Shops als Aushilfe ein. Die Bremse zog ich nur bei Schriftverkehr an, aber Arno wusste selbst, dass man Korrespondenz aus seiner Feder nicht auf die Menschheit loslassen konnte.

Das Büro mit den beiden Schreibtischen war durch den neuen Anstrich direkt freundlicher. Das Gäste-WC und die bereits halb gestrichene Abstellkammer begeisterten mich.

„Dann hat noch ein Klaus Faber angerufen", ergänzte Welsch, als wir es uns auf der Terrasse gemütlich gemacht hatten. „Er sagte, er hätte die Telefonnummer aus dem Internet und wolle sich nochmals entschuldigen. Ihr wüsstet dann schon Bescheid. Ich habe mir seine Handynummer und seine Anschrift trotzdem geben lassen."

Anne-Catherine lachte: „Der hat Fracksausen, Reiner, dass er demnächst eine Anzeige an der Backe hat."

Sie klärte Pete und Welsch kurz auf, was sich vor dem Haus der Witwe Kling zugetragen hatte. Den

Moment hatte ich genutzt, um Kaffee aufzusetzen und einige Kaltgetränke aus der Küche zu holen, aber ich wollte jetzt wissen, was Pete zu uns führte.

„Ganz einfach", schmunzelte mein guter Freund Pete Becker. „Da Frau Sturm dem Reiner kurzfristig abgesagt hat und sich erneut melden wird, hat Reiner auch mir für heute abgesagt. Da ich aber ohnehin einen Termin in Monschau hatte, haben wir gedacht, dass wir uns danach hier treffen. Was euch interessiert, weiß ich ja. Und wir haben uns auch einige Wochen nicht gesehen."

Er tippte mit einem Zeigefinger auf einen größeren Briefumschlag, den er vor sich auf den Tisch gelegt hatte.

Ich nickte. „Dann weißt du auch, dass uns pensionierte und aktive Lehrer gebeten haben, zum Tod zweier Lehrer und dem Fall eines Überlebenden zu recherchieren. In Sachen Franz-Josef Sturm mit Todesfolgen im Hohen Venn wissen wir wenig."

„Dann werdet ihr gleich staunen, wenn ihr meine Fotos von dem Ermordeten seht", begann Pete. „Ich bekam die Nase ziemlich früh daran, dass unsere Eupener Polizei am Morgen des Mordes sich auf den Weg zum Haus Ternell machte. Als das erste Fahrzeug den *Highway to hell* nahm, bin ich hinterher. Beim Haus Ternell sah ich zwei aufgeregte Wanderer, die den Beamten wild gestikulierend von einem Toten berichteten, der an einem Baum gefesselt sei. Ich böser Bube habe heimlich gelauscht. Dann bin ich seitlich an einigen Bäumen und Sträuchern vorbei, um schnell ein paar Bilder zu machen, bevor die Polizei alles absperrt und auch die Presseleute verscheucht. Hier ist das Ergebnis…"

Er zog die großformatigen Fotos aus einem Umschlag und reichte einen Teil Anne-Catherine und die restlichen Bilder mir.

Ich staunte nicht schlecht. Anne-Catherine schaute mich an und kommentierte die Bildersammlung: „Das ist ja krass!"

Wir verteilten die Fotos auf dem Terrassentisch. Die Ausdrucke, die Pete mitgebracht hatte, waren gestochen scharf, und einige Details stimmten mit der Auffindungssituation von Ewald Kling überein. Auch dem ermordeten Franz-Josef Sturm hatte sein Mörder eine Papiertüte über den Kopf gezogen. Die Hände waren über Kreuz mit Draht fixiert, und der Tote saß aufrecht. Der um den Baum herum mit Draht gefesselte Oberkörper saß auf einer alten und ausgedienten WC-Schüssel!

„Ja", bestätigte ich. „Extrem krass!"

„Das ist noch nicht alles," ergänzte Pete. Er deutete auf zwei Ausschnittsvergrößerungen weiterer Bilder, die nur den Kopf des Opfers zeigten. Offenbar hatten die zwei Polizisten die Papiertüte entfernt, um zu prüfen, ob der Gefesselte noch lebt.

„Was hat er denn da im Mund?" fragte Anne-Catherine.

„Papierschnipsel!" antwortete Welsch, dem Pete bereits vor der Ankunft die Bilder gezeigt und seine Erkenntnisse mitgeteilt hatte. „Wie Pete später herausfand, hat Sturms Mörder die Seiten eines Geschichtsbuchs großzügig in dessen Mund gestopft, anscheinend, bis nichts mehr reinging. Das war zu massiv und so viel, dass Sturm das Papier auch nicht herauswürgen und auch nicht mit der Zunge das Papier herausdrücken konnte. Aber schaut euch mal die Nase an ..."

„Das ist eine Fixierklammer!" staunte ich. „So ein Teil, dass man zum Fixieren von Schweiß- oder Klebeverbindungen nutzt."

„Genau so und nicht anders", stimmte Pete zu. „Danach war dann Schluss mit den Fotos. Aber Sturms Mörder wollte ganz sichergehen. Ich habe später erfahren, dass er dem Toten zuerst noch innen in den Nasenflügeln Sekundenkleber und dann erst die Fixierklammer verpasst hat. Sturm ist qualvoll erstickt."

Anne-Catherine und ich tauschten immer wieder die Bilder, die vor uns lagen.

„Die Ausdrucke könnt ihr behalten", sagte Pete.

„Aber ihr könnt euch sicher gut vorstellen, dass ich diese Fotos nicht für meine Berichte genutzt habe. Es sah einfach zu brutal aus."

Ich nickte zustimmend. Zwar stand es mir nicht zu, die Arbeit eines Journalisten zu kommentieren oder zu beurteilen, aber es zeigte sich erneut, warum ich Pete Becker so schätze. Als Berichterstatter zeigte er immer Fingerspitzengefühl. Für eine gute Story ging er nicht über Leichen und hielt seine Prinzipien stets ein. Sogar Kollegen prophezeiten ihm vor mehr als zwanzig Jahren, dass er mit dieser Einstellung kläglich scheitern würde. Das Gegenteil war der Fall, und das lag sicher auch daran, dass Pete sich immer mehr im Ressort Sport tummelte. Auch hier war üble Presse möglich, speziell wenn Doping ein Thema war, aber auch dann blieb Pete stets abwartend, solange keine Fakten einen Vorwurf bestätigten. Sein weiteres Standbein war die Fotografie. Berichte wie über den Mord an Sturm gehörten auch zum Handwerk, aber am liebsten schrieb er über Sportereignisse.

„Du hast das Geschichtsbuch erwähnt. Weißt du noch mehr über das Papier, das Sturm in den Mund gestopft wurde?" fragte ich.

Pete dachte kurz nach: „Ein Bekannter bei der Eupener Polizei wusste zwar nicht die genauen Einzelheiten, aber die Buchseiten, die man aus Sturms Mund entfernte, oder was davon noch übrig war, gehören zu einem Schulbuch für das Fach

Geschichte, und dies stammte aus einem deutschen Verlag. Mit der Hilfe des Verlegers wurde festgestellt, dass es sich um eine Auflage handelt, die zu Beginn des Schuljahres 2003/2004 eine ältere Fassung ablöste. Der Verlag wies darauf hin, dass man es an einer geänderten Papiersorte feststellen konnte. Ganz aus dem Schulunterricht verschwand das Lehrbuch im Jahr 2011."

„Oft genug, so war es zu meiner Schulzeit, hat die Innenseite einen Stempel der Schule als Hinweis, dass es ihr Eigentum ist. War da etwas feststellbar?" war die nächste Frage, die nun Welsch stellte.

„Guter Gedanke", bestätigte Pete. „Das war auch Teil der Ermittlungen, führte aber zu nichts. Der Täter hat anscheinend wahllos Seiten aus der Mitte gerissen, bis nichts mehr in den guten Herrn Sturm hineinpasste. Soweit mir bekannt ist, tauschen sich die belgischen und deutschen Behörden recht intensiv aus."

Welsch knüpfte an: „Mit meinen Ex-Kollegen habe ich auch über die beiden Morde gesprochen. Das war schon der Fall vor dem Auftrag der Herren Vogel und Pesch, weil ich immer wieder mal die Wache in Schleiden besuche. Franz-Josef Sturm hat auch die Schule gewechselt, so wie Kling es tat. Sturms Versetzungsersuchen war nahezu zeitgleich, und er wechselte dann zu einer Schule in Aachen. Das war im Jahr 2008, und seine Frau und er zogen nach Eupen. Nicht erst nach der Pensionierung, wie es zunächst hieß. Wie die Kollegen feststellten blieb Sturm in Sachen ‚Rechts für Europa‘ deutlich aktiver als Ewald Kling, der es vorzog, nach seiner Versetzung täglich von Gemünd aus nach Düren und zurück zu fahren."

„Viel ändert das aber nicht an den Fakten und unseren Vermutungen", wandte ich ein.

„Nu halt doch mal die Klappe, wenn ich rede!" schimpfte Welsch.

Auch wenn ich ihn seit unseren Zeiten im Sandkasten kannte, vergaß ich zwischendurch, dass Welsch ein großes Herz hat, aber auf Unterbrechungen extrem unwirsch reagierte. Er schnaubte und setzte seine Ausführungen fort: „Während Kling seine politischen Aktivitäten reduzierte, drehte Sturm richtig auf und verfolgte das Projekt, eine Jugendorganisation der RFE ins Leben zu rufen. Da die RFE sich nach der Bauchlandung in der Eifel verstärkt in und um Aachen breitmachte, war Sturm ganz darauf versessen, die Partei und die neu gegründete ‘Rechte Jugend Europa‘ eben mit dem Gedanken ‘Europa‘ auf das deutschsprachige Belgien zu erweitern. Ihr wisst schon, Eupen, Raeren, Malmedy und alles, was dazugehört."

Um mir keinen neuen Dämpfer einzufangen, wartete ich einen Augenblick, bis ich sicher war, dass er geendet hatte. Ich war überzeugt, ähnlich dachten auch Pete und Anne-Catherine. Aber sie kam mir dann zuvor und stellte die Frage, die auch ich auf den Lippen hatte: „Reiner, weißt du denn auch etwas über Klings Sohn Michael? Ein Blick heute Nachmittag in sein Zimmer ließ uns vermuten, dass in dessen Kopf einiges mehr abging, als nur eine Spur zu weit rechts zu stehen…"

„In der Tat, wir haben auch darüber gesprochen. Die Kollegen in Schleiden, besser gesagt die Ex-Kollegen, erzählten von Michael, dass er im Schleidener Tal zunehmend als Aufwiegler unter Jugendlichen galt, die sich von einer braunen Ideologie locken ließen. Aber er hatte auch zwei Strafanzeigen an der Backe. Nach seinem Abitur, das war 2009 oder 2010, hat er zunächst nichts auf die Reihe bekommen und den Eltern auf der Tasche gelegen. Zweizwölf hat er dann eine Ausbildungsstelle im Einzelhandel bei einem Discounter in Kall gefunden. Dass er nach einem zunächst sehr guten Eindruck ein Jahr später vor die Tür gesetzt wurde, lag daran, dass er neue Azubis, zwei junge Koreanerinnen, mehrfach als *Menschenmüll* und *unwertes Leben* beschimpfte. Die Mädchen waren Zwillingsschwestern, die sich dem Ausbilder anvertrauten. Da alle Azubis oft genug die Mittagszeit im Pausenraum verbrachten, hat der Filialleiter also mal unauffällig gelauscht und Michael Kling erwischt, wie er die Mädchen so beschimpfte, dass man sich ins Jahr 1933 zurückversetzt fühlte. Sein Chef hat in also sofort zur Rede gestellt. Er ist ausgerastet und hat den Pausenraum komplett verwüstet und dem Filialleiter eine runtergehauen. Die Polizei wurde gerufen, Kling junior einkassiert, und seine Lehrstelle war er auch los."

„Was für ein Armleuchter", fiel mir nur ein.

„Das war noch nicht alles, Alwin", ergänzte Welsch. „Einige Monate später fand er eine neue Lehrstelle, nun aber als Hotelkaufmann in Bad Münstereifel in einem gut angesehenen Tagungshotel. Als ein Unternehmer – muss aus Schleiden oder aus Kall stammen – zur Vorbereitung einer Tagung einen Termin wahrnahm, kam der Hoteldirektor mit seinem neuen Azubi Kling im Schlepptau an. Der Gast kannte die politische Sippschaft namens Kling aus Gemünd. Der Unternehmer eröffnete dem vollkommen überraschten Hotelier, dass er keine Tagung in einem Hotel bucht, welches *braune Gesellen* beschäftigt. Kling bekam noch am gleichen Tag die Kündigung in der Probezeit und rastete wieder aus. Seitdem ist der Knabe anscheinend *sponsored by Mama*."

„Naja", antwortet Anne-Catherine kopfschüttelnd. „Nicht einmal mehr *das*. Sie hat ihn ja gedrängt, sich eine eigene Wohnung zu suchen. Übrigens, Reiner, könntest du an meiner Stelle mit Alwin zu diesem kleinen Idioten fahren? Ich soll ja noch wegen des heutigen Vorfalls mit dem Halbstarken vor der Klingschen Haustür morgen im Laufe des Tages zur Polizei."

„Kein Problem", stimmte Welsch zu. „Über den jetzigen Vermieter von Michael Kling habe ich abschließend noch die Info, dass der auch der RFE angehört. Der Rest der Gemünder tickt zum Glück *normal*."

Siebtes Kapitel

Da Anne-Catherine gleich in der Frühe die Polizeistation in Schleiden aufsuchen wollte, übernachtete sie nicht in Dedenborn und war am späten Abend zurück nach Gemünd gefahren. Dafür blieb mir Pete Becker als Gast erhalten.

Pete durchlebte eine schwierige Zeit. Vor knapp zwei Monaten hatte ihn sein Lebensgefährte nach mehr als 12 Jahren trauter Zweisamkeit verlassen. Pete's Freund Jean-Claude hatte nur einen Grund genannt: die Liebe sei einfach erloschen.

Nach einem Frühstück, das sich in Pete's als auch meinem Fall auf Kaffee konzentrierte, wartete er noch mit mir gemeinsam, dass Welsch auftaucht, um mich nach Gemünd zu begleiten.

Zunächst tauchte aber Arno auf, knatterte mit seiner Zweitakt-Enduro um eine Kurve und lehnte diese Zwiebacksäge gegen die Hauswand. Er nahm den Helm ab und witzelte: „Ständer kaputt. Hahaha! Nicht meiner, der vom Moped", und lachte herzlich über seinen Witz. Er begrüßte Pete, beide kannten sich aber nur flüchtig.

„Du hattest doch Bereitschaft für dieses Taxiunternehmen. Und jetzt bist du schon hier?" wunderte ich mich.

„Bereitschaft heißt ja nicht, dass ich die ganze Nacht wach bin. Wenn keiner ein Taxi bestellt, dann döse ich. Ich war eben nur kurz daheim, mich umziehen. Junge, Junge, Anja ist vielleicht sauer!" erzählte er. „Sie ist knatschig und meint, ich arbeite zuviel. Dabei brauch' ich die Kohle! Aber über den Nachtdienst gibt's immer Stunk. Da rappelt's auch jedes Mal im Karton, wenn ich 'ne Nachtschicht bei Weiss einlege."

„Mir macht mehr Sorge, dass du mit deinen verschiedenen Nebenjobs irgendwann richtig Ärger mit dem Jobcenter bekommst. Ich will lieber gar nicht wissen, was du neben den zehn bis zwölf Wochenstunden für mich so treibst", grinste ich.

„Keine Sorge, Alwin, heute streiche ich noch den Abstellraum fertig, und dann bin ich durch für diese Woche."

Sagte es und verschwand in das Büro.

Pete verabschiedete sich, und ich schlug vor, dass er sich in den nächsten Tagen wieder blicken lässt.

Arno war beschäftigt, Pete auf dem Weg zurück nach Eupen, und ich sah Welsch im Astra anfliegen. Er hatte noch im letzten Augenblick die Hand zum Gruß erhoben, als er Pete in seinem roten Fiat erkannte.

Er bremste scharf und gab mir zu verstehen, dass wir sein Auto nehmen. Ich plumpste auf den

Beifahrersitz und nahm in dem Opel immer noch den Geruch kalter Zigarettenasche wahr, obwohl Welsch meinem Beispiel vor mehreren Jahren folgte und das Rauchen aufgehört hatte.

Auffallend war auch, dass der Astra viel flinker war, als das letzte Mal, dass ich Welschs Beifahrer gewesen war. Zwei Jahre mochte es her sein. Das waren aber auch gut zwei Jahre mit fünfzig Kilogramm Gewichtsverlust. Mein frühpensionierter Freund hatte nach seinen Infarkten eine kaum in Worte zu fassende Todesangst entwickelt und tat alles, was die Ärzte forderten.

Mit einem aktuellen Lebendgewicht von knapp einhundert Kilogramm wirkte *der komplette Welsch* nicht nur gesünder, sondern auch viel dynamischer. Lange Wegstrecken legte er dennoch weiter auf zwei oder vier Rädern, die von einem Motor angetrieben werden, zurück, da viele Jahre des Übergewichts seine Kniegelenke arg verschlissen hatten.

Dass er frühzeitig pensioniert wurde und vor allem sein zweiter Herzanfall den wartenden Todesengel nur knapp auf ungewisse Zeit in den Standby-Modus verabschiedete, riss Reiner Welsch in ein tiefes Loch. Der oft verbal rabiate und beruflich als kluger und analytischer Kopf geschätzte Kommissar verlor komplett den Halt und auch jede Orientierung, wohin der Lebensweg ihn weiterführen wird. Seine beiden erwachsenen Töchter und seine Frau taten ihr Bestes, aber aufwärts ging es mit Reiner wieder, als er eine Psychotherapie begonnen hatte. Allerdings mussten nicht nur seine Familie, sondern auch enge Freunde wie Anne-Catherine und ich mit Engelszungen auf ihn einreden, dass eine Psychotherapie nicht bedeutet, dass er *durchgeknallt* ist, wie er es immer formulierte. Letzten Endes war es ausgerechnet meine Aushilfe Arno Wergen alias 'Mädchen für alles', der Welsch zum Nachdenken brachte. Der Verlust seines Sohnes durch dessen Freitod, und dass seine Ehefrau bald danach ihrem Krebsleiden erlag und er dann im Suff endete, war für Welsch eine *klare Sache für psychologische Hilfe*, wie er es nannte.

„Warum machste net dat, was du auch mir geraten hast, Reiner?" war anscheinend wirksamer als jedes behutsame Zureden seiner Familie oder auch seitens Anne-Catherine und mir.

Schaute ich mir heute Welsch an, wie er hinter dem Lenkrad saß und auf den Ortsausgang von Einruhr zufuhr, freute ich mich einmal mehr, dass er damals dem Sensenmann die Zunge rausgestreckt hatte und musste jetzt ein lautes Lachen unterdrücken, als ich ihn fluchen hörte, denn das war Welsch, wie er leibt und lebt.

„Verdammte Wegelagerer!" tobte er. „Die mit ihren bescheuerten Radarkästen."

Der sogenannte Starenkasten, den ich gestern brav mit 50 Sachen passierte, hatte kurz aufgeblitzt und Welsch ein neues Foto mit Gebühren eingebracht. Dabei verriet ein schneller Blick auf den Tacho, dass er die Tempo 50 nur minimal überschritten hatte.

Was an meinem lieben Welsch *reloaded* sich allerdings nicht geändert hatte, waren seine Standardklamotten, dunkler Anzug und weißes Hemd, wobei sich seine Konfektionsgröße von geschätzten 5XL auf 2XL reduziert hatte.

„Ich bin ja mal gespannt, was für ein Dummvogel das ist", knurrte Welsch. „Die Sorte Mini-Adolfs kann ich überhaupt nicht leiden..."

Ich nickte: „Geht mir nicht anders, aber es wundert mich nicht, dass er seine politischen Aktivitäten Richtung Aachen verlegt hat. Braune Idioten hatten in der Eifel nie großen Zuspruch. Als die Nazis 1933 an die Macht kamen, war das jedenfalls nicht mit vielen Stimmen aus der Eifel."

„Du kluger Kopf, woher weißt du das alles?" grinste Welsch, als er den Kreisverkehr bei Vogelsang ansteuerte.

„Du musst nur einem Journalisten Kost und Logis gewähren. Pete hat gestern, nachdem du dich verabschiedet hast, eine Menge Details zum Fall beigesteuert. Als er im Mai in Sachen Franz-Josef Sturm recherchierte, war dessen Mitgliedschaft in der

RFE auch Grund für Pete, sich mit der Eifel zu Zeiten von Nazideutschland zu befassen. Auffällig ist, dass der Eifler Charakter an sich sich damals nicht von diesem *Adolf von und zu Drecksack* blenden ließ."

„Tja, die Suppe mit auslöffeln mussten unsere Eltern und Großeltern dennoch. Ehrlich gesagt, ich bin allerdings auch froh, dass mein Großvater damals der Zentrumspartei angehörte. Mütterlicherseits…"

„Und von der Seite deines Vaters?"

„Dessen Vater wiederrum stammte aus Köln und nicht aus der Eifel. Der war eher Mitläufer und Duckmäuser, aber politisch nicht aktiv."

Wir erreichten Gemünd, und Welsch bog links ab und fuhr Richtung Urftseestraße. Rechts lag die Kurparkstraße, und ich fragte mich, wie es Frau Kling heute gehen mochte.

Nach gut 300 Metern erreichten wir das Mietshaus, das nun Kling junior beherbergte. Seine neue Bleibe hatte sich schon rundgesprochen, denn ein Sprayer hatte die Häuserfront mit einem wenig kunstvollen Werk versehen. Aber *'Nazis raus aus der Eifel'* war eine eindeutige Ansage.

Achtes Kapitel

Vier Briefkästen verrieten uns die Anzahl der Mieteinheiten. Die unterste Klingel ließ vermuten, dass Michael Kling die Wohnung im Erdgeschoß bezogen hatte.

Anstelle des Klingelschildes hatte Kling ein Provisorium angebracht und seinen Namen auf einem Wundpflaster mit *M. Kling* versehen.

Rastamänner oder irgendwelche Stinker hatten sich nicht versammelt, aber die Schmierereien am Haus waren der deutliche Hinweis, dass Michael Klings Umzug sich bereits herumgesprochen hatte.

„Auf in die Höhle des Nazis", brummte Welsch grimmig und schellte. Der unüberhörbare und schrille Ton hätte sogar einen Toten aufgeweckt. Nichts rührte sich. Welsch schellte erneut, nun etwas forscher.

Nach weiteren zehn Sekunden sorgte *Mister Ungeduld* für eine Dauerbeschallung. Spätestens jetzt würde jeder, der keinen Hörschaden besitzt, steil im Bett sitzen und zur Tür stürmen, um den Besuch mehr oder weniger begeistert zu begrüßen.

„Ausgeflogen", stellte ich fest.

„Ich geh' mal um das Haus herum", nörgelte ein

unzufriedener Welsch und stapfte los. Ich trat einige Schritte zurück, um mir die Häuserfront besser anschauen zu können. In der ersten Etage sah ich eine ältere Frau am Fenster, die schnell verschwand, als sei sie beim Spionieren ertappt worden.

Ich hörte dumpfe Geräusch aus der Richtung, in die Welsch verschwunden war. Dann schien Glas zu zerbrechen und ich hörte Reiner brüllen: „Verdammt, Alwin! Komm' schnell her!"

Ich spurtete über die Wiese und sah, wie sich Welsch bemühte, eine Terrassentür aufzubrechen. Erst auf den zweiten Blick sah ich einen leblosen Körper auf dem Boden des Zimmers liegen, und es hatte sich dichter Qualm in dem Raum entwickelt.

„Scheiß Sicherheitsglas!" fluchte Welsch und vergaß für einen Moment, dass ausgerechnet wir für einbruchssichere Häuser beratend tätig waren. Weder die Tür noch ihr Glas gaben nach. Welsch bearbeitete jetzt das Fenster daneben.

„Ich rufe Polizei und Notarzt", rief ich und hatte mein Smartphone bereits am Ohr.

Der schnaufende Welsch verschwand plötzlich und lief zur Vorderseite des Hauses. Ein aufheulender Motor klang nach seinem Astra, und Sekunden später driftete Welsch mit dem Opel über die Wiese seitlich des Hauses, bremste und rutschte einige Meter auf dem Gras. Mit lautem Knarren legte er den

Rückwärtsgang ein und schoss auf die Terrasse zu und rammte mit einem lauten Krachen die Glastür und das bis zum Boden reichende Fenster daneben ein. Er setzte wieder vor und würgte den Motor ab, um heraus zu hechten.

Ich hatte der eingedrückten Terrassentür noch einige Tritte verpasst und stürzte in das Zimmer. Der dichte Rauch entwich nach draußen, während mir Welsch folgte. Er hielt sich ein Taschentuch vor Nase und Mund.

„Nichts anfassen, Alwin!"

Der pensionierte Kommissar wusste, wie wichtig es war, keine Spuren zu zerstören, die die späteren Ermittlungen der Polizei erschweren würden.

Kling lag auf dem Rücken und war an den Händen und an den Füßen gefesselt. Während der Täter bei seinem Vater und bei Franz-Josef Sturm Draht benutzt hatte, hatte er Michael Kling mit Kabelbinder verschnürt. Sein Peiniger hatte die Kabelbinder extrem festgezogen, und sie schnitten tief ins Fleisch. Auch Michael Kling hatte eine Papiertüte über dem Kopf, und der Unbekannte hatte diese, wie Wochen zuvor bei Kling senior und auch Franz-Josef Sturm, mit Klebeband kreuz und quer versehen. Wie bei der Beschreibung der Todesumstände seines Vaters, war auch ihm ein Trichter durch die Papiertüte in der Mund gerammt worden.

Welsch bewegte sich in einem weiten Bogen auf den leblosen Körper zu, um möglichst keine Spuren zu vernichten. Trotzdem mussten wir uns vergewissern, ob Michael Kling noch lebte. Welsch zog an dem Trichter, den er am Rand behutsam mit seinem Taschentuch in der Hand fasste, und er zog danach langsam die Papiertüte von Klings Kopf. Der Anblick war weniger spektakulär als jener mit der Tüte über dem Kopf. Das eigentlich für einen Sechsundzwanzigjährigen jungenhaft wirkende Gesicht war bleich.

Welsch fühlte den Puls und die Halsschlagader, fühlte mit der Handoberfläche die Wange des Opfers und schüttelte den Kopf.

„Der ist mausetot, Alwin", sagte er. „Nutz' den Moment und mach' mit deinem Smartphone so viele Fotos wie nur möglich, bevor die Polizei eintrifft. Ich schau' nach, woher der verdammte Rauch stammt."

Ich begann sofort, Bilder von dem kompletten Raum und von Klings Leiche zu machen und fotografierte möglichst viele Details wie die Papiertüte, die Welsch neben Klings Kopf gelegt hatte, der verschnürten Arme und Beine und auch von allem, was an den Wänden des Wohnzimmers hing. Eine Fahne mit Hakenkreuz lag auf dem Boden. Der anscheinend in den letzten Jahren nur leicht braun gefärbte Schwachsinn, war eines Tages zum absoluten Übertritt zum Nationalsozialismus geworden. Was für ein verblendeter junger Kerl!

Es lagen erneut leere Wodkaflaschen neben seiner Leiche. Wie bereits Vater Kling diese Tortur erlebte, war auch seinem Sohn der hochprozentige Alkohol eingeflößt worden.

Die Tür zur Küche nebenan hatte offen gestanden. Ich hörte Klappern und Scheppern und dass Welsch offenbar das Fenster aufriss, und ich blickte in die Küche und sah, wie der fluchende Welsch einen Kohlegrill aus dem Fenster samt Inhalt katapultierte. Die heiße Kohle und die Asche verteilten sich auf den Terrassenplatten.

„Das war mit Sicherheit nicht geplant", keuchte Welsch. "Als Michael Kling überfallen wurde, hat sein Peiniger vermutlich den Kohlegrill entdeckt und angezündet. Er konnte so absolut auf Nummer Sicher gehen. Wenn der Wodka nicht gereicht hätte, dann aber mit größter Sicherheit die giftigen Gase des Grills!"

Die ersten Sirenen waren zu hören. Ein Krankentransporter, dicht gefolgt von einem weiteren Fahrzeug, das der Notarzt nutzte, kamen immer näher.

Das weitere Sirenengeheul klang anders, auch die ersten Polizeifahrzeuge und die Feuerwehr näherten sich.

Ich eilte zu den Sanitätern und dem Notarzt und erklärte ihnen, wie wir Michael Kling aufgefunden hatten. Der beißende Rauch war weniger geworden, doch hing er noch in der Luft. Ich schilderte, dass der Kohlegrill bei geschlossenen Fenstern in der Küche in Betrieb gewesen war, und dass Kling junior offensichtlich vier Flaschen Wodka eingeflößt bekommen hatte. Der Notarzt nickte und eilte mit seinem Arztkoffer und den Sanitätern im Schlepptau in das Wohnzimmer. Ein Polizist, den ich nicht kannte, gab dem Mediziner Anweisungen, damit auch er so wenige Spuren wie möglich zerstörte. Zwei Feuerwehrmänner schauten sich den Kohlegrill auf der Terrasse an und gaben Entwarnung. Es kam der Polizei entgegen, dass kein Löschschaum zur Anwendung kam, denn so wurden auch keine Spuren zerstört. Respekt, meine Herren, die Freiwillige Feuerwehr von Gemünd funktionierte verdammt schnell.

Welsch stand einige Meter entfernt und gestikulierte, als sei er immer noch der Leiter der Mordkommission. Die zwei Polizisten, die bei ihm standen, nickten auch eifrig, als ob Welsch immer noch der Boss wäre.

Welsch ganz in seinem Element, der Notarzt im Gespräch mit den Sanitätern und einem Polizisten und zwei weitere, die die ersten Neugierigen Nachbarn und Anwohner zurückdrängten, hatten alle Hände voll zu tun, während ich mir einen Augenblick überflüssig vorkam. Dass die Polizei mich noch nicht zurückgescheucht hatte, mochte an Welschs Anwesenheit liegen.

Ein weiterer Streifenwagen hielt an und Achim Mönch stieg aus. Seine Kollegin Becker, die heute auf dem Beifahrersitz Platz genommen hatte, folgte ihm. Beide kamen auf mich zu:

„Seit Monaten haben wir uns nicht gesehen, und jetzt zwei Mal innerhalb von vierundzwanzig Stunden." Er grüßte mich mit festem Handschlag, seine Kollegin ebenfalls.

„Wir sind bereits im Bilde", sagte Marion Becker. „Ganz schön krass!"

In diesem Augenblick sah ich zwei bekannte Gesichter unter den Neugierigen auf der gegenüberliegenden Seite der Straße und schaltete sofort auf *harmlos*, dass sie nicht an meiner Blickrichtung bemerkten, dass sie mir aufgefallen waren: „Dreht euch nicht um", ließ ich leise verlauten. „Auf der anderen Straßenseite, etwa auf der Höhe eines weißen SUV, stehen der Stinker von gestern an der Rastaman. Das ist wohl kaum ein Zufall."

„Stimmt", bestätigte Mönch. „Das müssen wir auf alle Fälle prüfen. Marion, wir gehen einmal komplett um das Haus herum und machen einen größeren Bogen, dass wir uns die zwei Burschen von hinten greifen. Bis gleich Alwin."

Sie nickte: „Okay."

Beide setzen sich gemütlich in Bewegung zur Rückseite des Hauses. Zwei Minuten später sah ich, wie sie auf der anderen Seite auftauchten und ganz belanglos zwischen einigen Polizeifahrzeugen zur anderen Straßenseite schlenderten. Vor allem der Krankentransporter ließ sie ganz aus meinem und aus dem Blickfeld von Rastaman und Stinker verschwinden.

Jetzt tauchten Mönch und Becker wieder auf und standen rechts und links von den beiden jungen Männern. Sie wirkten erschrocken, nicht mehr und auch nicht weniger. Mein Bauchgefühl sagte mir, dass jemand, der Dreck am Stecken hat, deutlich schlimmer gezuckt hätte, wenn zwei Polizisten in Uniform sich ihrer annehmen.

Ich sah, wie Mönch auf beide einredete und dabei gestikulierte. Er zeigte auf das Haus und dann hielt er den Zeigefinger auf die Brust von Klaus Faber. Der Stinker nickte, Mönch sagte noch etwas, und nun antwortete Rastaman. Dann folgten beide Männer Mönch und Becker über die Straße. Ich ging ihnen entgegen.

„Danke für den Hinweis, Alwin", sagte Mönch. „Wenn du die beiden Jungs nicht entdeckt hättest, wären sie definitiv auch als mögliche Verdächtige vernommen worden. Sie haben übrigens ausgesagt, dass die neuen Schmierereien von ihnen sind."

„Hast du sie gefragt?"

„Nein, das kam von den beiden selbst. Die sind klug genug, um zu wissen, dass sie sonst schnell auch in die Mordsache reingezogen werden. Naja, ganz ohne Vernehmungen wird es nicht gehen."

Er deutete auf Rastaman: „Diese Eifler Version von Bob Marley ist übrigens um 25 Ecken mit meiner Frau verwandt. Im Herzen ist er ein anständiger Kerl."

„Hallo", grüßte erst Klaus Faber leicht verunsichert. Dass ich nicht sein Feind bin und Anne-Catherine auch kein Interesse hatte, ihm wegen der Rangelei des Vortages eine Anzeige anzuhängen, dürfte er mittlerweile begriffen haben. Ich hielt ihm daher die Hand hin, die er ergriff.

Rastaman folgte seinem Beispiel, und ich erfuhr seinen richtigen Namen: „Tut mir auch leid wegen gestern, Herr Schreer. Ich bin Jürgen Nowak und war auch mit Klaus und Michael in einer Schulklasse, damals, in Schleiden auf dem Gymnasium."

„Vergeben, vergessen", ermunterte ich Faber und Nowak, jetzt etwas lockerer zu werden. „Ich hatte schon sowas vermutet, dass Sie auch aus dem Jahrgang stammen."

„Ich denke, ich muss Ihnen auch noch einiges erklären, denn ich weiß von meinem Vater seit gestern Abend, dass sie den Auftrag von einigen Lehrern haben, in der Sache mit den toten Paukern zu ermitteln."

„Stimmt", sagte ich leicht verwundert. Was kam jetzt?

Nowak schaute etwas verlegen: „Mein Vater ist Carsten Strauch, der auch überfallen wurde. Ich bin das, was ihre Generation einen *unehelichen Sohn* nennt."

„Das heißt, wir können reden", stellte ich fest. Als Frage war dies nicht gedacht.

„Ja. Natürlich können wir das."

Ich fragte ihn nach seiner Handynummer. Er nannte sie, und er nannte auch seine Anschrift, ohne dass ich danach gefragt hatte. Mechanisch schrieb ich auch diese auf einen alten Kassenbon, den ich noch in meiner Geldbörse fand. Etwas schien den Rastaman zu beschäftigen, und er bemerkte meinen fragenden Blick und ergänzte: „Ich glaube, Sie ermitteln in die falsche Richtung."

„Wieso?"

„Mein Vater hat gestern erzählt, dass das das jetzige Lehrerkollegium und einige, die nicht mehr im Dienst sind, einen Rachefeldzug gegen die Schule und deren Lehrer allgemein vermuten."

„Stimmt auffallend."

„Und andere glauben, dass man es konkret auf Lehrer mit rechtsextremer Gesinnung abgesehen hat."

„Auch diese Theorie ist mir bestens bekannt", stimmte ich zu.

Jürgen 'Rastaman' Nowak dachte kurz nach: „Und die fällt meiner Meinung nach flach, auch wenn es Kling und Sturm erwischt hat. Mein Vater passt da überhaupt nicht ins Bild. Der ist sowas von *rote Socke*, dass die alte SED ihn mit Kusshand aufgenommen hätte. Davon abgesehen, fährt er voll auf Gysi und Wagenknecht ab!"

„Ich glaube, wir sollten uns morgen mal zusammensetzen und quatschen" sagte ich.

„Kein Problem", antwortete Nowak. „Rufen Sie morgen an und wir verabreden uns."

„Allerdings, meine verehrten Herren Nowak und Faber, erst unterhalten wir uns mal", wandte sich Mönch mit einem durchaus freundlichen Unterton an die beiden jungen Männer, deren Aussagen allein dadurch von größter Bedeutung waren, dass sie mit dem Opfer Michael Kling spinnefeind waren.

Neuntes Kapitel

Welsch und ich hatten gestern den Tatort verlassen und mit den Beamten vor Ort abgesprochen, dass wir uns auf den Weg nach Schleiden zur Polizeistation begaben, um unsere Aussagen zu Protokoll zu geben, da wir den Ermordeten aufgefunden hatten.

Ohne Welsch an meiner Seite, wäre ich kaum so zuvorkommend behandelt worden, aber vor allem die älteren Polizeibeamten wussten um die enge Freundschaft zwischen Welsch und mir. Davon abgesehen wussten sie aus der Vergangenheit, dass ich zwar Privatermittler bin, wichtige Informationen aber der Polizei stets sofort weitergab, wenn ich auf eine strafbare Handlung stieß.

Da Welsch seinen Astra als Rammbock genutzt hatte, hatte das Heck einigen Schaden erlitten. Es hielt sich dennoch in Grenzen, da Reiner den Rahmen zwischen Terrassentür und Bodenfenster mittig mit der Anhängerkupplung getroffen hatte. Auch die am Heck montierte Fahrradhalterung hatte Schlimmeres vermieden. Dennoch war eine Rückleuchte komplett defekt, aber Welsch nahm es gelassen: „Ich krieg' doch übernächste Woche meinen neuen Astra. Der hier mit seinen fast 300.000 Kilometern auf'm Tacho darf dann in den Autohimmel."

In unserer Abwesenheit hatte Arno unter anderem einen Anruf der Witwe Sturm entgegengenommen. Sie teilte mit, dass sie doch nicht mit uns reden wollte. Was sie zu sagen hätte, könnte man in Kürze in der Zeitung und im Wahlprogramm der RFE lesen.

Die Notiz hatte Arno mit einem Klebestreifen in die Mitte des Monitors meines Laptops geklebt. Diese Ausladung der Madame Sturm war somit definitiv unübersehbar.

Zugleich klang diese Ankündigung der Witwe Sturm so, als sei sie der RFE und dem politischen Treiben ihres ermordeten Gatten ideologisch deutlich näher als es die Witwe Kling jemals war, wenn Ewald Kling das *braune Ross* galoppierte.

Bevor der Tag richtig losgehen konnte, übertrug ich noch schnell die Anschrift und die Handynummer von Jürgen Nowak auf einen Notizblock. Eine weitere Erkenntnis, die ich festhielt, hieß in Buchstaben *'dito Anschrift die von Klaus Faber'*, denn es stellte sich beim Abschied gestern heraus, dass beide eine Wohngemeinschaft hatten. Das passte auch zum Vermerk von vorgestern. Ich würde Nowak später anrufen, um ein Treffen zu vereinbaren.

Dass ich heute Morgen ganz allein in meinen vier Wänden war, genoss ich. Es war einfach die vollkommene Stille, die so wunderbar war.

Vor elf Uhr, so hatte Anne-Catherine mitgeteilt, würde sie nicht erscheinen. Ich hatte also Zeit genug ein paar Dinge aufzuarbeiten, die fällig oder sogar überfällig waren, aber zunächst fischte ich meine Tageszeitung aus dem Briefkasten.

Die *Eifeler Nachrichten* schätzte ich sehr, und ein Morgen ohne Zeitung war fast so tragisch wie ein Frühstück ohne Kaffee. Die gewohnte Reihenfolge Sport, Politik und Lokalteil drehte ich heute um.

Die in Monschau ansässige Redaktion berichtete gewohnt sachlich und informativ. Auf fragwürdige Interpretationen oder Verschwörungstheorien, die den Mord an Michael Kling betrafen, verzichtete der verantwortliche Redakteur ganz und gar. Der Mord in Gemünd hatte dennoch einen größeren Stellenwert als sonstige Ereignisse aus dem Kreis Euskirchen. Was dort geschah, wurde von einem Kölner Zeitungshaus mit dessen entsprechenden Lokalredaktionen abgedeckt. In ihrer Professionalität stand aber der Zeitungsverlag aus Aachen nebst Lokalredaktion in Monschau den Kölnern in nichts nach.

Allerdings erinnerte ich mich einmal mehr an einen Aachener Journalisten namens Westermann, den ich einfach nur mit dem Wort Schmierfink umschreiben kann. Er bediente die Klatschpresse, die sich *Aachener Blick* nannte.

Die Fassung auf gedrucktem Papier existierte zwar nicht mehr, aber ein gleichnamiges Online-Portal hatte den Pleitegeier überlebt und bestand weiterhin. Ich konnte mir nicht verkneifen, die Internetseite des *Aachener Blick* aufzurufen und war nicht überrascht, als ich Westermanns Bericht entdeckte.

Ich ahnte bereits nach den ersten Zeiten, dass er noch eine alte Rechnung mit mir offen hatte, nachdem ich ihm vor vielen Jahren eine Tracht Prügel androhte, da er einen meiner damaligen Auftraggeber bis in private und privateste Bereiche mit Kamera und Teleobjektiv belästigte.

Nach einer zunächst sachlichen und nachvollziehbaren Berichterstattung anhand bekannter Fakten, wurde Westermann dann deutlicher:

> ... *dass ein Privatermittler aus der Städteregion Aachen ermittelt, mag statthaft sein. Dennoch stellt sich die Frage, ob ein Detektiv seine Kompetenzen überschreitet, wenn er Aufgaben erledigt, die letztlich die Kriminalpolizei betreffen.*

> *Wie unsere Redaktion erfahren hat, soll die Detektei des Alwin S. aus der Gemeinde Simmerath die Hintergründe zweier Morde prüfen. Verängstigte*

Lehrer leben in Panik, seit zwei ihrer Kollegen ermordet wurden. Franz-Josef S. aus Eupen und Ewald K. aus Gemünd waren die ersten Opfer und beide waren Mitglieder der Partei Rechts für Europa. Den beiden Parteimitgliedern der RFE folgte nun die Ermordung Sohnes von Ewald K.

Michael K. wurde nur 26 Jahre alt und war ebenfalls Mitglied der RFE.

Nach unseren Informationen soll der private Ermittler Alwin S. linke Gruppierungen in der Verantwortung sehen, die Morde begangen zu haben. Ein weiterer vertraulicher Hinweis stellt die Annahme auf, dass der Mörder von Michael K. durch Fehler der Detektei die neue Anschrift des Opfers in Erfahrung brachte. Wie uns die Mutter des Opfers bestätigte, hatten die Ermittler Alwin S. und Anne-Catherine A. sie am Tag vor dem brutalen Mord aufgesucht. Einzelheiten wollte Frau K. nicht nennen.

Vor dem Haus der Mutter von Michael K. soll es ferner Übergriffe gegeben haben, als die beiden Ermittler mit einigen Jugendlichen in Streit gerieten. Nach uns vorliegenden Informationen wurde dabei einer der Jugendlichen von der kampfsporterfahrenen Belgierin Anne-Catherine S. ernsthaft verletzt. Er befindet sich in stationärer Behandlung.

Da ich nur zu gut wusste, wie Westermann tickte, konnte mich der Bericht nicht aufregen. Allerdings gefiel mir der Gedanke überhaupt nicht, wie Anne-Catherine die Westermannschen Weisheiten aufnehmen würde. Natürlich schlug mein Puls nach den ersten Zeilen dieses Schmierfinks auch schneller, aber es würde nichts daran ändern, in welcher Weise wir arbeiten.

Wesentlicher aufmerksamer wurde ich bei einer anderen Passage des Geschreibsels.

… sollen zwei sechsundzwanzigjährige Männer aus Olef von der Polizei festgesetzt worden sein. Klaus F. und Jürgen N. sind der Polizei bereits früher durch verschiedene Drogendelikte und Sachbeschädigung aufgefallen. Beide Männer sollen den ermordeten Michael K. bereits seit mehreren Monaten angefeindet und auch bedroht haben…

Das war übel. Falls Parteifreunde oder Kumpane von Michael Kling den Bericht lasen, war es mit

Sicherheit auch für diese verpeilten braunen Schädel ein Leichtes, die Adresse und mehr von Klaus Faber und Jürgen Nowak in Erfahrung zu bringen.

Gerade, als ich das Telefon in die Hand nehmen und Jürgen Nowak anrufen wollte, kam Anne-Catherine durch die Tür. Sie hatte Arno im Schlepptau.

„Tach auch", strahlte unser Gute-Laune-Arno und hielt mir ein Tütchen mit Dichtungen und O-Ringen vor die Nase. „Dass im Gäste-Klo dat Wasser weiter rieselt, haste sicher noch net gemerkt. Macht niiiix … dafür habt ihr ja mich, den Arnooooooo."

Er lachte herzerfrischend und wartete nicht auf meine Antwort und ging an mir vorbei zum Gäste-WC.

„Arno hat einen Clown gefrühstückt", lachte Anne-Catherine.

„Näääähää, zwei Clowns", tönte es von nebenan.

Ich schmunzelte kopfschüttelnd und rief ihm zu: „Danke, Arno. Du bist ein Pfundskerl."

„Weiß iiiisch!"

Ich konzentrierte mich auf Anne-Catherine und besprach mit ihr die Geschehnisse des gestrigen Tages, unterbrach aber meinen Bericht: „Sorry, ich muss diesen Jürgen Nowak schnell anrufen. So wie im Internet zu nachzulesen ist, sollen er und Klaus Faber festgesetzt sein. Was auch immer das heißen mag…"

Ich tippte die Telefonnummer in mein Handy, und nach wenigen Sekunden meldete sich Jürgen Nowak. Anne-Catherine lauschte mit einem Ohr und schaute mir über die Schulte. Sie hatte den Bericht von Westermann auf dem Display meines Laptops entdeckt und las. Während ich mit Nowak vereinbarte, dass Anne-Catherine und ich ihn am frühen Nachmittag besuchen, sah ich, wie meine Partnerin Westermanns Bericht überflog. Sie verzog das Gesicht, nicht mehr und nicht weniger. Was war los mit ihr? Das war in der Regel ein typischer Anlass, um live und wahrhaftig zu erleben, wie sie aus der Haut fährt.

Ihre coole Reaktion hatte mich abgelenkt, während Nowak sprach: „Ach, Ihr Vater kommt heute zurück aus dem Hunsrück? Ja … kein Problem … ja, ich werde ihn dann kontaktieren. Lassen Sie uns nachher weiterreden."

Ich verabschiedete mich und versorgte Anne-Catherine mit Neuigkeiten: „Ich erzähle dir gleich mehr, nur die Kurzfassung für den Moment: der Rastaman heißt Jürgen Nowak und hat gemeinsam mit Klaus Faber eine WG in Olef. Du weißt schon, der Stinker, … wobei er gestern normal duftete. Dann hat sich gestern herausgestellt, dass der Lehrer, der verletzt wurde, Nowaks Vater ist. Carsten

Strauch ist vor sechsundzwanzig Jahren Papa geworden, hat sich aber dann aus dem Staub gemacht. Vater und Sohn haben aber anscheinend ein gutes Verhältnis." Ich dachte nach. „Sag mal, wieso bist du wegen des Westermann-Berichts nicht wie üblich ausgerastet?"

„Das spare ich mir für den Moment auf, wenn er mir mal begegnen sollte", grinste Anne-Catherine.

Wir gingen gemeinsam die Erkenntnisse der beiden letzten Tage nochmals durch. Während ich berichtete, schloss ich mein Smartphone an meinen Laptop und übertrug die Fotos, die ich gestern in der Wohnung von Kling junior gemacht hatte.

Wir schauten uns die knapp dreißig Bilder gemeinsam an, konnten aber nichts Auffälliges entdecken.

Ein sanftes *Pling* teilte mir mit, dass ich eine SMS erhalten hatte. *Ich verspäte mich. Bin erst um 14 Uhr bei dir. Gruss Reiner*

„Arno, kannst du bis zirka 14 Uhr die Stellung hier halten?" fragte ich Richtung WC. „Danach kommt Reiner."

„Klar doch", tönte es zurück, und Anne-Catherine und ich machten uns auf den Weg Richtung Olef. Allerdings hatten wir noch ein gutes Zeitpolster und entschieden, dass wir uns noch einen Kaffee und ein

Stück Kuchen in Gemünd gönnen. Café Drehsen-Theißen, wir kommen!

Zehntes Kapitel

Wir befanden uns kurz vor Gemünd, als sich mein Smartphone mit *Far Far Away* meldete.

„Geh bitte mal ran, Anne-Catherine", bat ich sie.

Anne-Catherine meldete sich als *'Detektei Schreer und Vartan'* und hörte schweigend, was an der Gegenseite gesagt wurde.

„Regen Sie sich bitte nicht auf, Frau Kling", hörte ich sie mit sanfter Stimme sagen. Wie gewohnt bei Terminen, hatte auch Frau Kling unsere Visitenkarten überreicht bekommen. Ich schaute meine Partnerin an, sie nicke kurz und hörte weiter zu, was Frau Kling berichtete.

Ohne auf weitere Informationen von Anne-Catherine zu warten, bog ich in Gemünd wieder an der vertrauten Straße ab, die uns gestern und vorgestern zu Mutter Kling und tags danach zu Kling junior geführt hatte.

„Wir sind eh auf dem Weg nach Gemünd, und mein Kollege ist schon kurz vor der Kurparkstraße. Wenn Sie aus dem Fenster schauen, sehen Sie uns gleich schon. Bis gleich!"

„Was hat sie?" fragte ich und sah bereits Frau Klings Haus.

„Wart's ab, Alwin! Einfach nur krass!" Anne-Catherine schüttelte mit dem Kopf und schien fassungslos, Frau Kling stand mit ihrem Telefon in der Hand an dem Gartentörchen.

Ich stand noch nicht ganz, als Anne-Catherine aus dem Duster stürmte und Frau Kling in die Arme nahm. Das Szenario fühlte sich sehr beklemmend an. Ich stieg aus und wartete, wer sprach. Es war Anne-Catherine, die Frau Kling weiter in den Armen hielt und behutsam über den Rücken streichelte.

„Frau Kling hat im Keller in den Sachen ihres Sohnes Waffen gefunden … wollen wir ins Haus gehen, Frau Kling?" fragte sie die weinende alte Dame.

Frau Kling schluchzte und nickte, sie löste sich aus der Umarmung und schenkte Anne-Catherine einen dankbaren Blick. Wir folgten ihr.

Obwohl es als angemessen gilt, hielt mein Bauchgefühl mich davon ab, ihr mein Beileid zum Tod ihres Stiefsohnes auszudrücken. Es schien, als ginge es auch Anne-Catherine so. Frau Kling ging bis zum Ende des schmalen Hausflurs und öffnete die Tür zum Keller und sagte mit stockender Stimme: „Hier geht es herunter."

Die Beleuchtung des Kellers ließ zu wünschen übrig. Die angebrachten Leuchten waren sich so alt wie das Haus selbst. Ich schätzte, dass es in den 1950er Jahren errichtet worden war. Wir folgten Frau Kling, die sich nun zu uns drehte und auf einen kleinen Nebenraum ohne Tür zeigte.

„Michael hat hier noch Sachen stehen", begann sie. „Die Polizei war gestern bei mir, nachdem Michael tot aufgefunden wurde."

„Der Tod Ihres Stiefsohnes tut uns sehr leid", sagte ich nun doch, und ihr schossen Tränen in die Augen, doch waren es Tränen der Wut. Sie zeigte in den Raum.

„Das ist nicht mehr mein Sohn! Ich hasse den Tag, an dem ich seinen Vater getroffen habe! Dieser Mensch bedeutet nur Unglück", und sie schluchzte noch mehr.

Den Fingerzeig nahm ich zum Anlass, in dem kleinen Raum den Lichtschalter zu betätigen, und ich sah einige Kartons und Kisten. Auf einigen der Behältnisse war mit einem *Edding* dick *Michael* in Großbuchstaben zu lesen.

„Diese Kartons und Kisten wollte Michael in den nächsten Tagen abholen, wenn er die letzten Sachen aus seinem Zimmer einpacken würde", erklärte Frau Kling. „Da die Polizei mir den Weg zur Wache ersparen wollte, haben sich die Herren gestern nochmals für heute am späten Nachmittag angekündigt. Ich habe daher nachschauen wollen, was für die Ermittlungen vielleicht hilfreich sein kann.

In seinem Zimmer steht ja kaum noch etwas, und dann habe ich im Keller nachgeschaut, was ich vielleicht schon hochtragen kann, damit ich es aus dem Haus hab!"

Ich hob den Deckel einer Holzkiste, die grob gezimmert, aber sehr stabil wirkte, und ich war sprachlos.

„Böse Überraschung?" fragte Anne-Catherine und folgte mir in den kleinen Abstellraum. „Um Himmels Willen!"

Wir blickten uns wortlos an und betrachteten den Inhalt der Holzbox. Mehrere Handfeuerwaffen lagen in der Kiste, und zwei weitere Fundstücke sahen wie abgesägte Schrotflinten aus.

„Schau mal", sagte Anne-Catherine. „Da steht noch eine Holzkiste. Wir müssen nur den Umzugskarton herunternehmen."

Anne-Catherine hob den Karton an, der schwer zu sein schien und stellte ihn auf den Boden. Sie nahm den Deckel der zweiten Holzkiste ab, und Frau Kling trat nun einige Schritte näher. Als sie den Inhalt sah, geriet sie ins Wanken.

Anne-Catherine stützte sie und sagte sanft: „Wir beide gehen jetzt wieder hoch, Frau Kling. Wir müssen jetzt ohnehin sofort die Polizei einschalten, und Sie setzen sich erstmal hin." Sie schaute mich an. „Ich rufe auch Welsch an."

Ich nickte, während sie mit Frau Kling die Treppe hochstieg. Die zweite Kiste hatte ebenfalls einen brisanten Inhalt. In ihr entdeckte ich vier Handgranaten, haufenweise Munition und noch weitere Handfeuerwaffen. Zu diesem Horrorfund gehörte noch eine dritte Schrotflinte, ebenfalls mit einem abgesägten Lauf. Alles lag auf einer Art Wachstuch, und mir schien, als wären unter dem Tuch noch weitere Sachen deponiert.

Ich entschied mich allerdings, nichts anzufassen und Frau Kling zu fragen, ob sie eine der Waffen berührt hatte, dass die Polizei dies direkt zuordnen konnte.

Als ich in das Wohnzimmer ging, saß Frau Kling in ihrem großen Sessel und schien sich langsam zu beruhigen. Sie schaute mich mit wässrigen Augen an und versuchte ein Lächeln, das große Dankbarkeit verriet.

Anne-Catherine kam aus der Küche und stellte Frau Kling eine Tasse hin. Sie lächelte die alte Dame an: „Ich habe nur Pfefferminztee auf die Schnelle in der Küche gefunden."

„Danke", antworte Frau Kling. Anne-Catherine setzte sich ihr gegenüber auf das Sofa.

„Frau Kling", begann ich. „Haben Sie eine der Waffen berührt, oder auch in die Hand genommen.? Das muss die Polizei wissen, da man garantiert jeden Zentimeter nach Fingerabdrücken absuchen wird."

„Ja, Herr Schreer, ich habe eines von den großen Dingern berührt, aber nicht aufgehoben. Ich war zu erschrocken!"

Die *großen Dinger* waren vermutlich die abgesägten Schrotflinten, die sich deutlich von den kleineren Handfeuerwaffen abhoben.

„Ich habe zuerst Welsch und dann die Polizeistation in Schleiden erreicht. Welsch saß zwar beim Zahnarzt, hat sich aber gleich auf den Weg zu uns gemacht. Er kennt den Weg zu Frau Kling, sagt er, weil ihr gestern bereits an der Kurparkstraße vorbeigefahren seid."

„Das ist gut", sagte ich. „Wir müssen aber schauen, was aus Frau Kling wird, denn gleich ist hier die Hölle los. Wir sollten unbedingt den Sohn oder die Toch…!"

„Alles schon erledigt, als du noch im Keller warst, Alwin", unterbrach mich Anne-Catherine. „Den Sohn haben wir nicht erreicht, aber zum Glück Solveig Kling. Sie macht sich sofort auf den Weg hierhin."

„Von woher?"

„Sie kommt aus Brühl angefahren. Bis Euskirchen geht's recht fix über die Autobahn, und dann ist sie über die Schnellstraße sicher in spätestens fünfundvierzig Minuten hier."

Ich betrachtete Frau Kling, die nachdenklich in die Teetasse schaute und sich offenbar innerlich sammelte: „Wenn gleich die Polizei auftaucht, Frau Kling, dann ist das nur der Anfang. Das sollten Sie wissen. Bei solch einem Waffenfund und den teils bekannten Informationen über die politische Gesinnung von Michael, werden noch ganz andere Schritte eingeleitet. Da werden zweifellos der Verfassungsschutz und der Inlandsnachrichtendienst ebenso aktiv wie Spezialisten, die allen Spuren nachgehen, die sie finden werden. Bei der Brisanz wird auch Funk und Fernsehen auftauchen, und es sollte Sie bitte auch nicht erstaunen, falls unser Bundesinnenminister Thomas de Maiziere unter Umständen eine Pressekonferenz abhalten muss, um zu den Umständen Stellung zu nehmen. Gleiches gilt für den verantwortlichen Landesminister, und diese Aufstellung, was passieren wird, ist nur die Spitze des Eisbergs."

Frau Kling nickte tapfer: „Ja, das geht mir auch gerade alles durch den Kopf, was jetzt wohl passieren mag. Das ist ja wie eine Lawine."

„Allerdings, Frau Kling", bestätigte Anne-Catherine. „Aber Sie sind grundsätzlich in diesem elenden Spiel nicht *die Böse*, sondern letztlich ein Opfer. Das können wir auch klarstellen, wenn es hier gleich sehr unruhig wird. Ich sage es ungern, denn Michael ist noch nicht mal unter der Erde, aber wer solche Waffen im Elternhaus deponiert, nimmt auf keinerlei Regeln und auch nicht auf Gefühle von Mitmenschen Rücksicht. Vielleicht wollte er die Waffen auch bewusst bei Ihnen im Keller lassen, falls mal seine neue Wohnung untersucht worden wäre. Damit ist zu rechnen, wenn ein Mensch sich so radikalisiert und in den Fokus von der Polizei gerät."

Ich ergriff das Wort: „Anne-Catherine und ich sind übrigens jetzt gleich auch komplett 'raus aus dem Spiel. Das ist auch nichts für Privatermittler. Unsere, wie soll ich es am besten nennen, *Rolle* ist eine andere, und auch der Auftrag, den wir haben. Aber melden Sie sich bei uns, wenn Sie ratlos sind. Ich denke aber, dass es gut ist, dass Ihre Tochter gleich bei Ihnen ist."

Frau Kling nickte und hatte wieder ein wenig mehr Farbe im Gesicht. Aber sie schwieg und ordnete vermutlich sämtliche Eindrücke.

„Hat Ihr Sohn einen Computer, Frau Kling?" fragte Anne-Catherine.

„Sicher", bejahte sie. „So eines von diesen tragbaren Geräten."

„Ein Laptop?"

„Ja, so heißt das wohl. Der liegt aber oben in seinem Zimmer und ist seit ein paar Wochen defekt. Michael hat immer den Rechner seines Vaters in den vergangenen Wochen genutzt. Der steht in Ewalds Arbeitszimmer."

Sie überlegte einen kurzen Moment, und ihre sich in alle Richtungen bewegenden Augäpfel verrieten, dass sie anstrengend überlegte, vielleicht, um kein Detail zu vergessen. „Michael hätte den Rechner in den nächsten Tagen abgeholt. Ich kenne mich damit sowieso nicht aus und brauche keinen Computer."

„Einen Internetanschluss hat dieser PC?" fragte ich.

„Muss wohl", nickte Frau Kling. „Ewald hat oft Musik und Filme mit dem Rechner bestellt. Aber Bücher haben wir immer lieber bei der Buchhandlung Wachtel hier im Ort bestellt, weil man dort so toll beraten wird."

„Dann teilen Sie das der Polizei so mit," riet Anne-Catherine. „Vor allem, dass oben auch ein Laptop liegt. Sie können davon ausgehen, dass die Geräte von den Behörden mitgenommen und ausgewertet werden."

Das Telefon klingelte und Frau Kling nahm den Hörer ab. Es war ihre Tochter.

„Ja, mein Schatz", sprach sie. „Ja … ich freu' mich, dass du kommst … nein, es ist gut so. Die Frau Vartan, die dich eben anrief, ist noch hier. Und ihr Kollege auch."

Anne-Catherine und ich wollten Frau Kling die Möglichkeit lassen, ohne Mithörer mit ihrer Tochter zu sprechen und gingen leise aus dem Wohnzimmer und schauten aus dem Küchenfenster auf die Straße. Zwei Minuten später bog Welsch in die Kurparkstraße ein, und Anne-Catherine ging an die Haustür, um ihn in Empfang zu nehmen.

Ich nutzte den Augenblick und rief den *Rastaman* Jürgen Nowak an.

Er meldete sich sofort.

„Schreer hier, hallo Herr Nowak", grüßte ich. „Wäre es für Sie in Ordnung, wenn wir unseren heutigen Termin auf morgen verschieben? Es ist etwas Unvorhergesehenes dazwischengekommen."

„Kein Problem, Herr Schreer, es ist mir sogar lieber so", antwortete er. „Mein Vater kommt heute zurück in die Eifel, und wir treffen uns noch, falls er nicht zu müde ist. Aber er kommt zunächst allein. Er hat Angst, dass seinen anderen Kindern und seiner Frau etwas zustößt, solange nicht klar ist, wer ihn attackiert hat. Ich hatte eben schon dem Herrn in Ihrem Büro Bescheid gegeben, dass mir morgen angenehmer wäre."

„Gut." Ich überlegte. „Es wäre freundlich, wenn Sie Ihrem Vater ausrichten, dass meine Partnerin und ich auch noch mit ihm sprechen möchten."

„Das will er ohnehin. Hatte ich eben Ihrem Büro auch mitgeteilt. Wenn Sie mögen, können wir morgen auch zusammen zu meinem Vater fahren, wenn Sie eh bei mir vorbeikommen."

Wir verblieben so, wie von Nowak vorgeschlagen, und ich beendete das Gespräch.

Während ich telefonierte, hatte Anne-Catherine sich mit Welsch in den Keller begeben, und als sie nun die Treppe hochstiegen, hörte ich Welsch in der ihm typischen und unverblümten Art und Weise, die guten und weniger guten Überraschungen des Lebens kommentieren: „Rechte Spinner, linke Spinner, Salafisten, Islamisten! Die Welt ist ein Irrenhaus!"

Es schellte, und ich öffnete. Die beiden Polizisten würden erst der Anfang einer ganzen Horde sein, sobald sie sahen, welche *'Überraschungen'* im Keller lagerten.

Elftes Kapitel

Ich war müde. Wie zu erwarten, wurde das Haus von Frau Kling gestern zum Treffpunkt der örtlichen Polizei, der Landes- und der Bundespolizei, verschiedenster Behörden, von Spuren- und Fährtensuchern, vom Verfassungsschutz, von aufgeregten Spürhunden mit einer Affinität für Sprengstoffe, Waffenkundlern, Vertretern aller Parteien aus dem Stadtrat Schleiden und dem Bürgermeister und seinem Stellvertreter. Vermutlich habe ich die Hälfte vergessen.

Zeitversetzt, aber wie Pilze, die aus dem Boden sprießen, trudelte gestern auch die Presse ein. Erst waren es nur die Vertreter der Regionalpresse, aber die Geschehnisse wurden zum Lauffeuer, und die ersten Fernsehsender und Rundfunkanstalten tauchten ebenfalls auf, als wir, das genervte Trio Vartan/Welsch/Schreer, die Flucht ergreifen konnten.

Allerdings war dies nicht so einfach und zügig möglich, wie es klingt. Wir waren Teil einer Situation, die zu Waffenfunden führte. Dabei waren wir im Grunde nur passiv beteiligt, aber anwesend ist nunmal anwesend.

Die plausible Erklärung, warum wir uns bei Frau Kling befunden hatten, führte trotzdem nicht zu einem schnellen *'und Tschüss'*. Wir waren uns klar, dass wir wieder von dieser Art *Special Forces* aufgesucht oder vorgeladen werden konnten und Zeugen darstellten.

Genaugenommen, ging uns der Trubel nichts an. Die Geschehnisse hatten nichts mit unserem eigentlichen Auftrag zu tun, Recherchen zu betreiben, die den Mörder zweier Lehrer überführen konnten.

Der Tod von Michael Kling, das war uns durchaus bewusst, konnte nicht getrennt betrachtet werden. Viel zu groß war die Möglichkeit, dass es einen Zusammenhang gab. Sei es mit der Rolle von Michael Kling als *Sohn* von Ewald, sei es mit der Rolle Michaels als *politischer Mitstreiter* des Vaters und des ebenfalls Ermordeten Franz-Josef Sturm. Die erstere Überlegung betreffend, war aber nicht klar, welchen Bezug es von Franz-Josef Sturm zu Michael Kling geben konnte, wenn es nicht die zweite Mutmaßung wäre, eben diese gemeinsame politische Sichtweise.

Schließlich durfte der Gedanke von *Rastaman* Jürgen Nowak nicht unberücksichtigt bleiben, dass sein Vater in das Muster einfach nicht passte. Wäre Nowaks Vater Carsten Strauch auch aus der Gattung Rechtsextremist, wären diese Annahmen nachvollziehbar … *so* aber nicht.

Da Strauch laut seinem unehelichen Sohn alias *Rastaman* und den Hinweisen der beiden pensionierten Lehrer Vogel und Pesch politisch knallrote Socken trug, mussten wir weiterhin auch der Möglichkeit nachgehen, dass ein komplett anderes Motiv bestehen konnte.

Oder ging es gegen Extreme allgemein, egal ob braun oder rot?

Ein weiteres Detail war auch noch ungeklärt. Daran würde sich unter Umständen auch nichts mehr ändern, denn die Witwe Sturm hatte mittlerweile ein Gespräch abgesagt. Dabei blieben noch Fragen offen, die den Mord an Franz-Josef Sturm betrafen.

Hatte er sich mit dem Täter nahe Haus Ternell verabredet, oder hatte dieser ihn mit einem fadenscheinigen Vorwand zu dem Tatort gelockt? Und diese absurde Tatsache, dass der Tote auf einer an einem Baum angelehnten Toilettenschüssel sitzend gefunden wurde: was sollte diese abgedrehte Inszenierung? Was war die Mühe wert, dass der Mörder unter Umständen den ungewöhnlichen oder gar auffälligen Aufwand betrieb, eine ausrangierte Kloschüssel an einen Tatort zu transportieren?

Auch die Fotos, die ich von dem toten Michael Kling vor zwei Tagen gemacht hatte, wollte ich mir ein weiteres Mal genauer anschauen.

Ausnahmsweise war *ich* heute der Frühaufsteher.

Anne-Catherine, die ihr Gastrecht wieder genutzt hatte, schlief anscheinend noch tief und fest im

Gästezimmer, während ich mich im Pyjama an den Laptop gesetzt hatte.

Arno hatte mir wieder einen Zettel auf den Tisch gelegt: *Hab die nexten 2-3 Tage keine Zeit. Müsst ihr ohne mich auskomen. Sonst wird Anja sauer. Euer Arno.*

Gruß an Herrn Duden, dachte ich und lächelte.

Die *Eifeler Nachrichten* hatte ich auch schon aus dem Briefkasten gefischt, und auch die Kaffeemaschine arbeitete bereits auf Hochtouren.

Zunächst aber interessierte mich, was das World Wide Web zum Waffenfund im Hause Kling berichtete. Ich war schlicht neugierig, ob der Fund in Verbindung mit rechtsradikalem Terrorismus sich bundesweit herumgesprochen hatte, und ich surfte Richtung *Spiegel* und *Focus*, und wie sie alle hießen, und wurde fündig. Eine Titelstory war es nicht, aber es war ein Thema mit höherer Priorität. Ein Statement des Bundesinnenministers gab es nicht, aber die Landesregierung von Nordrhein-Westfalen zeigte sich in einem kurzen Statement bestürzt und zugleich gewillt, die Hintergründe konsequent aufzudecken.

Eine Stellungnahme des Bundesinnenministeriums wurde im Laufe des Tages erwartet.

Die weiteren Informationen während einer am Vorabend eilig in Gemünd im Kurhaus anberaumten Pressekonferenz bestätigten im Grunde die Funde, die Anne-Catherine und ich bei Frau Kling auch gesehen hatten, aber es kam tatsächlich noch einiges hinzu. Unter Umständen passte es zu meinem Eindruck des gestrigen Tages, dass unter einem Wachstuch in einer der beiden Waffenkisten noch weitere Gegenstände lagen.

Die Pressekonferenz, die ich online in einer Mediathek entdeckte, bestätigte das knappe Dutzend Faustfeuerwaffen und die abgesägten Schrotflinten. Gute 1500 Patronen wurden gefunden, neun Handgranaten, Munition für die Schrotflinten und Unmengen an Metallteilen und Nägeln. Es wurde die Möglichkeit angedeutet, dass Letzteres zum Bau von Bomben genutzt werden sollte. Chemikalien wurden jedoch keine gefunden.

Ein Polizeisprecher bestätigte den wartenden Journalisten, dass es sich um das Elternhaus des als Michael K. genannten Verdächtigen handelte. Auch seine Zugehörigkeit zur rechten Szene wurde den Journalisten bestätigt. Er unterstrich zudem, dass die Mutter des Verdächtigen vollkommen unwissend war, was sich an Waffen und Munition im Besitz von Michael K. befand, und dass sie selbst die Polizei informiert hatte. Er bestätigte auch, dass jene Frau K. anderweitig untergebracht worden war, da das Haus weiterhin durchsucht wurde und man Frau K.

vor Anfeindungen schützen wolle. Es wurde ferner bestätigt, dass sie psychologisch betreut wurde und ihre Tochter bei ihr sei.

Auch die Frage, ob der ermordete Michael K. *von vor zwei Tagen* und der Michael K. *des gestrigen Tages* ein und dieselbe Person waren, wurde bestätigt.

Unter den Journalisten, die Fragen stellten, erkannte ich plötzlich eine Stimme. Die Kameras waren auf den Polizeisprecher und den neben ihm sitzenden Bürgermeister gerichtet, aber die Stimme des Fragestellers gehörte diesem verdammten Westermann vom *Aachener Blick*!

Für die Frage, die er stellte, hätte ich ihn links und rechts geohrfeigt, wenn er jetzt greifbar wäre. Er sprach den Schleidener Bürgermeister an.

„Westermann vom *Aachener Blick*. Stimmt es, Herr Bürgermeister, dass zwei Privatermittler aus der Städteregion Aachen in diesen Waffenfund involviert sind und dabei die Arbeit der Behörden unter Umständen behindert oder sogar unterwandert haben?" fragte Westermann.

Ein Raunen und Murren war zu hören.

Der irritierte Bürgermeister schaute etwas ratlos den Polizeisprecher an, der an dessen Stelle die Frage Westermanns beantwortete: „Das können wir in keiner Weise bestätigen. Tatsache ist allerdings, dass es private Ermittler gibt, die einer ganz anderen Angelegenheit nachgehen, die nichts mit dem Waffenfund zu tun haben. Die von Ihnen genannten Ermittler haben sich vollkommen korrekt verhalten. Ich möchte diese Frage als Anlass nutzen, von Spekulationen dieser oder ähnlicher Art abzusehen."

„Hah! Eins zu Null für Schreer und Vartan, du Drecksack!" fuhr ich Westermann via Laptop an.

Die Zurechtweisung durch den Polizeisprecher hatte er sich gefragt. Von meinem Freund Pete Becker war mir ohnehin bekannt, dass Westermann sogar unter Kollegen der schreibenden Zunft erstaunlich unbeliebt war. Es wurde immer wieder gewitzelt, dass sogar *BILD* und *EXPRESS* einen weiten Bogen um Westermann machen und das das britische Revolverblatt SUN die Flucht ergreifen würde.

Ich rief die Internetseite vom *Aachener Blick* auf und staunte: Westermanns Artikel über den Waffenfund war zwar umfangreich, aber vollkommen sachlich gehalten. Geht doch!

Sich während einer Pressekonferenz als Fragesteller namentlich vorzustellen und auch seinen Auftraggeber benennen – ob schreibende Zunft oder Rundfunk und Fernsehen betreffend – ist üblich. Die Blamage aber, sich mit einer dummen Fragestellung vor der versammelten Presse und laufenden

Kameras zu disqualifizieren, dürfte auch für einen verbalen Einlauf seines Chefredakteurs geführt haben.

Zwölftes Kapitel

Die blonde Schlafmütze namens Vartan stapfte ins Büro und rief: „Guten Morgen!"

Ich zuckte erschrocken zusammen, denn ich hatte die Leisetreterin vorher nicht bemerkt.

Madame Vorlaut stand in einem zwei Nummern zu großen Schlafanzug vor mir: „Na, Herr Schreer, heute besonders schreckhaft?"

„Für 'ne kesse Göre, dessen Frisur aussieht, als sei der Haartrockner explodiert, bist du aber ganz schön vorlaut am frühen Morgen", konterte ich und grinste.

„Nimm du das Wort *Frisur* besser nicht in den Mund", sagte sie mit einem Augenzwinkern. „Bei dir ist der Besuch beim Coiffeur lange überfällig. Du siehst ja aus wie dem Glam Rock der 70er entsprungen."

Ich deutete mit einer Hand an, als wolle ich den Bürolocher nach ihr werfen und lachte herzlich über den Vergleich, der mich optisch Richtung *The Sweet, Slade und den Rubettes* katapultierte. Ich hoffte, dass sich der Hinweis ausschließlich auf meine Haarpracht bezog und weniger meine persönliche Kleiderordnung betraf.

„Bin schnell duschen", krähte *Madame Impertinente* und verschwand.

Ich nutzte die erneut eingekehrte Ruhe und schaltete das Radio ein und landete mitten in den Nachrichten:

„ …wurden nach einem Waffenfund in Gemünd in der Eifel drei verdächtige Personen in Aachen vorübergehend festgenommen. Die Waffen und passende Munition wurden im Elternhaus des vorgestern ermordeten Michael K. gefunden, der als stellvertretender Vorsitzende der Jugendorganisation der Partei Rechts für Europa bekannt war. Einer der Verdächtigen wurde bereits wieder aus der Untersuchungshaft entlassen. Zwei vierundzwanzigjährige Männer bleiben weiter in Haft. Wie ein Polizeisprecher heute mitteilte, konnten auf dem Computer von Michael K. diverse Chatverläufe rekonstruiert werden, die die Planung eines Attentats auf ein Flüchtlingsheim in der Gemeinde Simmerath oder… “

Ich wechselte den Sender in der Annahme, dass vor allem das Lokalradio sich besonders angesprochen fühlte, die möglichen Attentate aufzugreifen.

„ …die noch ungeklärte Ermordung von

Michael K. unter Umständen einen Anschlag auf ein Flüchtlingsheim verhindert hat. Noch ist unklar, ob eine Unterkunft in der Gemeinde Simmerath oder in der Stadt Monschau Ziel eines Angriffs war. Fest steht nach der Auswertung von Computerdaten, dass der Anschlag unmittelbar bevorstand. Der kurz vorher tot aufgefundene Michael K. gilt als der Kopf einer rechtsradikalen Gruppierung mit einem Wirkungskreis im Raum Aachen und Düren. Es konnten bereits zwei... "

Das war eine absurde Situation! Ausgerechnet die Ermordung eines Rechtsradikalen, der ein Attentat vorbereitet hatte, verhinderte nun die Ausführung dieses Anschlages. Natürlich rechtfertigte es nicht die Tötung von Kling junior, aber mein Mitgefühl hielt sich in Grenzen.

Viel bedrückter fühlte ich mich beim Gedanken an Frau Kling. Mit ihrem verstorbenen Ehemann und ihrem abgedrehten Stiefsohn war sie nicht zu beneiden. Es würde lange dauernd, bis wieder Ordnung in ihrem Leben herrschen würde.

Ich rief Jürgen Nowak an und kündigte Anne-

Catherine und mich für den späten Vormittag oder den frühen Nachmittag an. „Kein Problem", stimmte er zu. „Ich bin im Moment arbeitslos und daher recht flexibel." Gemeinsam würden wir später auch seinen Vater aufsuchen.

Dreizehntes Kapitel

Mit einer frisch geduschten Anne-Catherine an meiner Seite, machte ich mich auf den Weg Richtung Olef, um Jürgen Nowak zu treffen. Obwohl es keinen besonderen Grund gab, lenkte ich den Duster nicht durch Einruhr Richtung Vogelsang und Gemünd, um nach Olef zu gelangen. Immer dieselbe Strecke nervte. Also wählte ich die Alternative, die aus Dedenborn via Hammer und später nach Widdau führte.

„Wie kommt's, dass du heute erst so spät aufgestanden bist?" fragte ich meine Beifahrerin.

„Ach, das lag an Anja. Ich lag gut im Bett, als das Handy bimmelte", begann Anne-Catherine. „Sie wollte sich einfach mal über Arno auskotzen."

„Oh ja, dass da was im Busch ist, habe ich auch schon bemerkt. Arno meinte, dass Anja sauer ist, weil er dauernd nur arbeitet."

„Eben, das ist der Knackpunkt. Gestern Abend, erzählte Anja, musste er wieder mal kurzfristig einspringen, um bei Taxi *Dingens* eine Lücke zu stopfen, weil jemand sich krankgemeldet hatte."

„*Dingens* ist Kramer oder Krämer, oder auch Cremer", antwortete ich. „Das ist Jahrzehnte her, dass ich das letzte Mal in einem Taxi gesessen habe."

„Jedenfalls ist Anja ziemlich angefressen. Sie hat ja mittlerweile so ziemliche alle Klamotten und Möbel bei Arno, aber die traute Zweisamkeit hat sie sich anders vorgestellt."

„Ich werde mir Arno bei nächster Gelegenheit mal behutsam vorknöpfen", schlug ich vor.

„Ja, und vor allem *behutsam*. Der kann ja manchmal einen Sturkopf entwickeln, dass sich eher Granit zerbeißen lässt", schmunzelte Anne-Catherine.

Jetzt fuhren wir auf Rohren zu, um dann Richtung Harperscheid und Schöneseiffen bis nach Schleiden zu fahren. Von dort fuhren wir drei weitere Kilometer, bis wir in Olef eintrafen. Nowak und sein Mitbewohner Faber wohnten im Johannesweg in einem Zweifamilienhaus. „Da, wo mein alter VW-Bully auf der Wiese steht. Gegenüber wohne ich", hatte der Rastaman erklärt.

Wie parkten neben dem alten VW-Bus, der in besseren Zeiten anscheinend als kleines Wohnmobil viele Länder Europas gesehen hatte. Zahllose Aufkleber auf dem Heck und auf den hinteren Seitenscheiben verrieten unter anderem Touren nach Wales, Schottland, Großbritannien, Island, Dänemark, Norwegen, Schweden, Finnland,

Niederlande, Belgien, Österreich, Ungarn, Polen, Frankreich, Andorra, Spanien und Portugal.

Faber/Nowak war auf der Türklingel zu lesen. Die andere Wohnung schien aktuell unbewohnt. Weder die Schelle noch der Briefkasten waren beschriftet. Ich drückte kurz den Klingelknopf, und ein wenig aufdringlicher Klang kündigte uns an. Die Tür sprang auf, und wir sahen bereits Jürgen Nowak an der gegenüber liegenden Eingangstür.

„Kommen Sie bitte herein", begrüßte er Anne-Catherine und mich freundlich. Von dem Provokateur, der uns Tage zuvor in einer braunen Schublade abgelegt hatte, war nichts mehr zu merken. Krasser noch, er wirkte jetzt richtig sympathisch.

Er ging vor und zeigte uns im Schnelldurchlauf die Räume des Zimmers, warum auch immer, und deutete in ein vollkommen chaotisches Zimmer mit dem Hinweis „da haust der Klaus". Es roch ein wenig nach Käsesocken aus dem Faberschen Raum.

Nowaks persönliches Zimmer wirkte indes aufgeräumt und farbenfroh. Eine der Wände gab mir das Gefühl, als hätte ich eine Bibliothek betreten. Hunderte Bücher verrieten, dass Jürgen Nowak eine Leseratte war. Ich studierte die Buchrücken. Krimis waren ebenso vorhanden wie Bücher über Psychologie und den Zweiten Weltkrieg. Biografien diverser Politiker jeder Couleur, aber auch ein

Bildband, der die Karriere des Rennfahrers Niki Lauda dokumentierte, verrieten die vielseitigen Interessen des jungen Mannes, der mir zunehmend sympathischer geworden war. Ich schlug in der lockeren Atmosphäre daher vorher, dass wir von 'Sie' auf ein 'du' umsattelten.

Anne-Catherine schloss sich an.

Wir blickten auch in das Wohnzimmer, das die beiden WG-ler gemeinsam nutzten. Das Chaos seines eigenen Zimmers hatte Klaus Faber aber nicht im Wohnzimmer fortgesetzt. Auch die Küche war picobello.

Wir setzten uns an den Küchentisch. Jürgen Nowak hatte bereits vor unserer Ankunft Tassen hingestellt und auch Kaffee vorbereitet.

„So schnell sieht man sich wieder", versuchte Anne-Catherine das Gespräch zu lockern. Ganz vergessen hatte Nowak noch nicht, dass ihn meine Partnerin ein wenig rüde behandelt hatte, auch wenn ihm bewusst war, dass es seinen guten Grund gehabt hatte.

Mit einem etwas verlegenen Lächeln antwortete er: „Ja, ich hätte mich später auch selbst in den Allerwertesten beißen können. Es war einfach unüberlegt und saublöde."

„Naja", hakte Anne-Catherine nach. „Aber so einfach die Leute über den Kamm scheren, ist vermutlich auch nicht ohne Grund."

„Ja, im allerweitesten Sinne, und es soll auch keine Entschuldigung sein, aber bei Michael gingen die letzten Wochen so viele sonderbare Vögel ein und aus. Warum mein Mitbewohner dann plötzlich so rasch auf euch zumarschierte, konnte er mir später auch nicht erklären. Klar, wir sind natürlich ihm hinterher. Wir haben ja öfter solche Konfrontationen, aber dann sind's auch wirklich *Glatzen* und Typen, die ganz eindeutig als Neonazis und andere rechte Schwachköpfe zu erkennen sind."

„Tja, und dass mein Duster braun ist, war für deinen Mitstreiter kein braunes, aber ein wohl rotes Tuch", schmunzelte ich.

„Ihr könnt mir glauben, Klaus hat sich später genug über sich selbst geärgert."

Die verbale Friedenspfeife war genug geraucht worden, und ich kam zum eigentlich Grund unseres Besuches: „Jürgen, mich interessiert im Moment vor allem, wieso du dir sicher bist, dass die Morde an den beiden pensionierten Lehrern nichts mit der Schule in Schleiden zu tun haben. Immerhin waren die sie, Sturm und auch Kling, politisch rechts außen. Das kann doch Motiv genug sein, oder?"

„Natürlich hast du Recht, es wirkt so offensichtlich.

Ich muss aber für den alten Kling ein wenig unfreiwillig Partei ergreifen. Ich hab' mit dem rechten Müll ja nichts an der Backe. Aber der Kling war als Lehrer im Umgang mit allen Schülern fair. Obwohl er Vorstellungen hatte, die daneben sind, ja, dass er auch tönte, dass sogar Europa in eine Art westliche und südliche Mentalität unterschieden werden muss, machten ihn nicht zu einem schlechten Lehrer."

„Das musst du aber mal etwas deutlicher erklären, Jürgen", war der Einwand, den auch ich hatte, aber Anne-Catherine kam mir zuvor.

Der Rastaman nickte.

„So ziemlich alle Leute, die wir – oder vermutlich auch ihr beide – mit rechtem Gedankengut in Verbindung bringen, setzen wir auch meist mit Intoleranz und auch mit Rassismus gleich. Die Denkweise ist aber ebenso vage wie das Klischee, dass jeder „Rote" auch direkt ein Kommunist ist."

Unser Gastgeber machte eine kurze Denkpause und zündete sich eine Zigarette an. Es war meine Hausmarke aus Frankreich, als ich noch rauchte.

Nowak sprach weiter: „Der größte Fehler ist ja zum Beispiel in der ganz aktuellen Politik, dass beim sogenannten Flüchtlingsproblem jeder Skeptiker direkt als intolerant oder in der Tat in eine rechte Ecke gedrängt wird." Er zog an seiner Zigarette. „Wir müssen aber vermutlich lernen, dass vieles einfach eine diffuse Angst ist, was auf Europa oder eben Deutschland zukommt. Mittlerweile kenne ich Skeptiker, die sich um 180 Grad gedreht haben."

„Sorry, aber du bewegst dich meiner Meinung nach jetzt zu weit weg von Sturm und Kling", gab Anne-Catherine zu bedenken.

Er nickte: „Okay, zurück zu Kling als Lehrer und seiner rechten Auffassung. Als *Lehrer*, und darum geht es sicher auch, hat er seine Sichtweisen nie in den Unterricht einfließen lassen. Man bedenke, dass er ja sogar Geschichtslehrer war. Die systematische Vernichtung der Juden war für ihn ebenso ein Drama wie für jeden anderen vernünftigen Menschen auch. Für ihn schien immer klar, dass eine Demokratie das einzig richtige System darstellt. Aber das ist nur mein persönlicher Eindruck, besser gesagt, meine Erinnerung."

Er zog erneut an seiner Zigarette und kündigte mit leicht erhobenem Finger, dass jetzt etwas kommt, dass wichtig schien: „Hinzu kommt, dass es eine Menge Schüler gab, die man als Migranten bezeichnet. Wir hatten unter anderem Türken, Griechen, Rumänen und auch Afrikaner in unserer als auch in der Parallelklasse. Und es gab ebenso Mädels, die mit Kopftuch herumliefen. Und der alte Kling hat sich nie über die Kopftücher echauffiert. Mehr noch, wir waren immer verblüfft, mit welch guten Schulnoten von Kling auch die sogenannten Migranten belohnt wurden. Unser schwärzester

Afrikaner, damals in meinem Jahrgang, hat ihn mal vor versammelter Klasse gefragt, wieso er politisch so krass sei, dass aber auch die *Ausländer* von ihm gute Schulnoten bekämen. Er ging zu dem Schüler hin und sagte ihm einfach nur, dass er Leistung schätzt und würdigt. Er legte ihm sogar die Hand auf die Schulter und unser Mitschüler meinte später, dies sei nicht einmal unangenehm gewesen. Der alte Kling hatte einfach eine verdrehte Mentalitätstheorie von Nord nach Süd und West nach Ost, aber ein Rassist war er sicher nicht."

„Wie auch immer", sagte ich nachdenklich, aber bei seinem Sohn Michael sieht das wohl ganz anders aus..."

„Allerdings!" Der Rastaman nickte heftig. „Klaus, Michael und ich gehörten zu einer Clique von sieben oder acht Jungs, die viele Streiche auf Lager hatten. Als wir dann dreizehn oder vierzehn Jahre alt waren, wurden wir echte Rabauken. Wir tüftelten idiotische Mutproben aus, und irgendwann begannen wir auch, Mitschüler zu schikanieren. Michael wurde mehr und mehr eine Art Anführer unserer Gruppe und tüftelte immer schrägere Mutproben aus. Er genoss auch, Macht auszuüben und pickte sich gern Schwächere heraus. Er quälte sie..." Nowak stockte und schaute auf den Boden: „Nein, wir *quälten* sie. Einer in der Clique, der wie ich Jürgen hieß, flog später irgendwann sogar von der Schule"

„Wie ging es dann weiter?" fragte ich.

„Diese Schikanen wurden einfach zu krass, und es funktionierte auch nicht mehr, dass Michael uns diesen Spaß an einer Art Macht immer wieder schmackhaft machen wollte. Klaus ging als erster auf Distanz, dann noch zwei andere Kumpels und auch ich. Da Michael jetzt keinen Rückhalt mehr in einer Clique oder Gruppe hatte und der andere Jürgen die Schule wechseln musste, wurden auch keine Mitschüler mehr gequält."

Die Erinnerung an die Schulzeit und vor allem sein eigenes Fehlverhalten wühlten Nowak deutlich auf.

Er zündete sich den nächsten Glimmstengel an und fuhr fort: „Was dann kam, wisst ihr vermutlich schon. Mit sechszehn trat er in die Jugendorganisation der RFE ein und wurde immer extremer in seinen Ansichten. Da sein Vater aber im Vergleich ein echter Klosterschüler war, glaube ich nach wie vor nicht, dass euer gesuchter Killer aus politischen Gründen den Terminator spielt. Und da kommt mein Vater ins Spiel. Carsten – ich sage nie *Papa* oder *Vater* – er und ich sind enger miteinander als ihr vielleicht vermutet. Klar, er hat mein Mutter nicht geheiratet und sich von ihr getrennt. Da war aber noch nicht klar, dass sie schwanger ist. Meine Ma hat Carsten deshalb auch nie angefeindet, und wir haben ein gutes Verhältnis. Ich gehe bei ihm auch ein und aus, und für seine drei anderen Kinder bin ich ein *Bruder*. Auch seine bessere Hälfte ist gut zu mir und behandelt mich zwar nicht wie einen Sohn, aber wie einen guten Freund des Hauses. Und mein

Vater passt einfach nicht in die Vermutung, dass die Morde sich gegen rechtslastige Lehrer richten. In seiner Studienzeit war er wohl politisch äußerst links politisch aktiv, also komplett anders als Kling und Sturm. Aktuell ist er in der Gysi-Partei, aber auch nicht mehr so krass wie früher."

Anne-Catherine sah mich an: „Wir können es drehen und wenden, wie wir wollen, Alwin, Jürgens Vermutung, dass etwas anderes als der braune Schwachsinn ein Motiv sein kann, können wir nicht unberücksichtigt lassen."

„Ganz deiner Meinung. Das passt definitiv nicht." Ich schaute den Rastaman an: „Was, Jürgen, fällt dir zu Franz-Josef Sturm ein?"

„Das sag ich dir klipp und klar, der Typ war ein ganz mieses Oberarschloch. Der hatte tatsächlich auch bis in den Schulunterricht diesen faschistoiden Touch, und ich weiß von meinem Vater, dass das ganze Lehrerkollegium mit ihm nicht zurechtkam. Einige gingen auf Konfrontationskurs, und es drehte sich natürlich um seine Aktivitäten in der RFE, andere hielten einfach Abstand. Wir nannten Sturm auch den *Sturmbandführer*. Dieser Drecksack!"

Sturm musste einen bleibenden, fast traumatischen Eindruck hinterlassen haben, denn Nowaks Gesichtsfarbe hatte ein 'wutrot' angenommen. Und er ereiferte sich: „Hinzu kommt, dass er bei den Klassenkameraden, die tatsächlich ausländische

Wurzeln hatten, er genau anders agierte als der alte Kling, obwohl der auch aus der rechten Ecke kam. Sturm hat die muslimischen Mädchen immer abfällig behandelt. Ich kann seine Kommentare nicht mehr wörtlich zitieren, aber die waren immer hart an der Grenze, dass sie verletzend waren, aber noch nicht so heftig, dass eine offizielle Beschwerde hätte greifen können. So hat's mein Vater zumindest geschildert. Er war damals Vertrauenslehrer, und das Hauptthema in den Sprechstunden war Sturm! Sturm, Sturm und nochmals Sturm!"

Eine neue Zigarette räucherte uns ein, als Nowak weitersprach: „Bei den Schulnoten kamen die sogenannten Migranten immer übel weg. Er nutzte seinen Spielraum, allerdings nach unten. Wie Kling, war auch Sturm Geschichtslehrer. Und wenn ein Thema es hergab, philosophierte er leidenschaftlich, was denn so schlimm sei, für Afrikaner das Wort *Neger* zu nutzen. Es gäbe doch so schöne Kinderlieder wie *Zehn kleine Negerlein*. Damals hat eine afrikanische Familie ihren Sohn von unserer Schule genommen. Der ging dann nach Mechernich auf's Gymnasium. Ihr könnt euch vorstellen, dass das auch bei meinem Vater als Vertrauenslehrer auf dem Schreibtisch gelandet ist."

„Meine Fresse!" stellte Anne-Catherine wenig damenhaft fest. „Das war wirklich ein Drecksack..."

„Aber glaubt bitte nicht, dass der *Sturmbandführer* nur die Schüler mit Migrationshintergrund anfeindete.

Wer pummelig oder eine Art Handicap hatte, bekam auch sein Fett weg. Wir hatten zum Beispiel einen Jungen in der Klasse, der ein verkürztes Bein hatte. Sturm nahm dies im Unterricht beim Thema Drittes Reich zum Anlass, dem Schüler zu erklären, dass Hitler ihn als unwertes Leben *entsorgt* hätte. Es gab dann natürlich ein paar Deppen, die das witzig fanden. Ein anderer Schüler war ziemlich fett, naja, zumindest dicklich. Dem verklickerte Sturm, dass jemand, der zu dick und zu langsam ist, schnell auf der Flucht erschossen wird. Beide Fälle sind auch bei meinem Pa auf dem Tisch gelandet. Ich weiß zumindest grob, dass er sich die Finger wundgeschrieben hat, damit Sturm nicht mehr auf Schüler losgelassen wird. Hat aber nichts genutzt."

Ich war zunächst wortlos, einen Moment zumindest: „Die zwei Lehrer, die uns beauftragt haben, heißen Vogel und Pesch. Kennst du die?"

„Klar, ich kenne beide Pauker. Ich glaube, es gibt keinen Schüler, der ein böses Wort über das Pechvogel-Duo sagen würde."

Aha, das Wortspiel war also bekannt!

„Du weißt durch unsere erste Begegnung, dass wir mit der Witwe Kling gesprochen haben. Das hatten wir auch mit Frau Sturm vor. Mittlerweile hat sie uns abgesagt und ausrichten lassen, sie würde beizeiten in der Presse Stellung nehmen. Hast du eine Idee, was davon zu halten ist?"

„Aber hallo!" bestätigte Nowak. „Die ist doch mittlerweile ganz oben in der Hierarchie der RFE. Sie tönt zwar von Demokratie, schießt aber aus allen Rohren gegen Flüchtlinge, Muslime, die CDU und die SPD. Selbst die AfD ist ihr noch zu harmlos. Die ist ein Spiegelbild von dieser französischen Marine Le Pen vom *Front National*, nur noch hässlicher."

„Daraus schließe ich, dass es eh vertane Zeit gewesen wäre, mit dieser Frau zu reden", war mein Fazit. „Aber hast du irgendeine Idee, warum der Mörder von Sturm ihn auf einer alten Kloschüssel verschnürt hat?"

„Wie bitte?"

„Doch! Toter auf Schüssel", grinste Anne-Catherine.

„Nein, keine Ahnung. Krass!"

„So…" sagte ich. „Eigentlich sind wir durch mit unseren Fragen. Aber du fährst mit uns zu deinem Vater? Wie besprochen?"

„Aber klar!" freute sich der Rastaman. „Ich bin doch heilfroh, dass mein *Alter* noch lebt. Wisst ihr, wo die Danziger Straße in Gemünd ist?"

„Finde ich sogar blind", gab ich zur Antwort. „Ich bin in der Ecke aufgewachsen. Wo ist eigentlich dein Mitbewohner?"

„Genau weiß ich es nicht. Ich hatte heute Morgen lediglich eine SMS von Klaus, dass er erst heute Abend wieder hier aufschlägt. Das ist aber nicht ungewöhnlich."

Vierzehntes Kapitel

Wir verließen Nowaks Wohnung und machten uns auf den Weg Richtung Gemünd. Nowak saß im Fond meines SUV und streckte seinen Kopf vorne zwischen unseren Vordersitzen, um ein wenig Smalltalk zu halten.

Bei aller Sympathie und dem guten Eindruck, den er hinterlassen hatte, war mir sein Nikotinatem unangenehm. Aber auch die Bekleidung, die jetzt nach kaltem Zigarettenqualm roch, nervte. Ich machte mir bewusst, was ich in meinen Zeiten als Raucher meiner Umwelt alles zugemutet hatte.

Dabei war es leichter, als ich jemals zuvor geglaubt hatte, die *'Qualmerei'* aufzugeben. Allerdings kam mir vor einigen Jahren eine Mandelvereiterung ganz recht. Nach fast drei Wochen Bettruhe war der schöne Nebeneffekt, dass ich keine Lust mehr auf eine Zigarette hatte. Mal ganz davon abgesehen, dass ich rund 200 Euro im Monat einsparte, oder für andere Zwecke verpulvern konnte.

Obwohl ich Zigarettenrauch mittlerweile mit penibler Nase wahrnahm, konnte man mich keinesfalls einen militanten Ex-Raucher nennen.

Nowak erzählte während der Fahrt, dass er von den Waffenfunden im Hause Kling gestern Abend in den Spätnachrichten erfahren hatte. Dass die Mutter des toten Michael Kling mit den politischen Ansichten dieses Fanatikers nichts gemein hatte, war ihm vorher nicht bewusst. Ich erzählte ihm, wenngleich sehr allgemein gehalten, wie schwer es für Frau Kling seit unendlich vielen Jahren gewesen war, einen Ehemann zu haben, der sich politisch rechts außen heimisch fühlte, und dass die Tragödie durch die zunehmende Radikalisierung ihres Stiefsohnes ihr erst recht den Boden unter den Füßen fortgezogen hatte.

„Wenn wieder mehr Ruhe eingekehrt ist, werde ich diese Sprüche entfernen, die wir bei Frau Kling auf die Hausfront gesprüht haben", sagte Nowak. „Das war ein Werk von Wuttke und mir."

„Wuttke?" fragte Anne-Catherine.

Nowak grinste: „Der Typ, dem du die Nase gebrochen hast."

Wir erreichten die Danziger Straße, und ich bog links von der B265 ab. Ich verband mit dieser Straße gute Erinnerungen aus meiner Kindheit, da mein verstorbener Patenonkel hier sein Häuschen hatte. Er und seine herzensgute Frau hatten vier Kinder, die ich zwar aus den Augen verloren hatte, die ich aber in wunderbarer Erinnerung behielt. Noch ein paar Meter weiter stand das Haus, in dem einer meiner besten Freunde aufgewachsen war, und zwei Häuser davor wohnte die Familie Strauch in einem der eher kleinen, aber gemütlichen Reihenhäuser.

„Nanu, kein Auto vor der Tür?" sagte ich, mehr an mich selbst gerichtet.

„Nee, das hat seinen guten Grund. Carstens Arm ist ja recht übel bei dem Überfall gebrochen worden. Der kann noch nicht hinters Steuer. Als er mit seiner Familie quasi in den Hunsrück geflüchtet ist, hat seine Frau das Auto gefahren."

„Und wie ist er jetzt wieder in die Eifel zurückgekommen?" fragte ich seinen sogenannten unehelichen Sohn, der zum Glück wie ein ehelicher Sohn zur Familie gehörte.

„Er ist einen Teil der Strecke mit dem Zug gefahren, und ein guter Freund hat ihn irgendwo am Bahnhof *Schlagmichtot* abgeholt. Keine Ahnung, was für ein Kaff das war", klärte Nowak uns auf.

Wir stiegen aus und folgten Jürgen Nowak zur Haustür. Der kleine Vorgarten war liebevoll gepflegt und konnte als Blumenmeer umschrieben werden.

Der Sohn von Carsten Strauch schellte zweimal kurz und dreimal lang.

„Habt ihr einen Code wegen der Überfälle ausgemacht?" fragte Anne-Catherine mit leichter Bewunderung dieser Voraussicht.

„Nee", grinste Nowak. „Das ist nur Gewohnheit."

Die Haustür wurde nicht geöffnet. Aber ich hörte ein Rumpeln.

„Hört ihr das?" fragte ich.

Anne-Catherine schaute mich fragend an und schüttelte den Kopf.

„Ich hör' nix", antwortete der Rastaman und schellte erneut, wieder zweimal kurz und dreimal lang.

Ich hörte ein neues Rumpeln und zischte: „Verdammt, da sind doch Geräusche."

„Jetzt hab' ich es auch gehört", bestätigte Anne-Catherine. „Verdammt, ich ahne Böses!"

Nowak schaute uns verunsichert an. „Ich habe immer noch nichts gehört. Jetzt wird mir aber irgendwie anders zumute."

In der Tat, er war blass und schaute uns fragend an, und noch ein stärkeres Rumpeln war zu hören. Es klang wie ein Stuhlbein, dass auf grob auf Parkett oder Laminat gerutscht wurde.

Noch ein Geräusch, ein dumpfer Knall…!

„Wir brechen die Tür auf", entschied Anne-Catherine. „Das klang wie ein Tisch oder Stuhl, der umfällt!"

Nowak zitterte am ganzen Körper und erfasste die Situation noch immer nicht. Anne-Catherine eilte zu meinem Duster und öffnete die Heckklappe. Sie wühlte hastig in meinem Bordwerkzeug und kam schnellen Schrittes mit dem Radkreuz zurück.

„Geh' bitte zur Seite, Jürgen!" und diese Aufforderung war nicht verhandelbar.

Anne-Catherine hatte den altmodischen Glaseinsatz der Eingangstür im Stil der 1950er Jahre im Visier. Das war kein Sicherheitsglas und auch keine Doppelverglasung. Mit einem beherzten Schlag zerbrach das Glas in tausend Stücke.

Ich griff nach innen und drückte die Türklinke, aber die Tür war verschlossen. Es steckte auch kein Schlüssel im Türschloss.

Nowak sah mittlerweile wie ein Leichentuch aus und bekam nur ein „Aber…aber…" heraus.

„Dann muss es *so* gehen", sagte Anne-Catherine und kletterte durch die Öffnung, die sich auftat, nachdem sie die Glasscheibe zerschlagen hatte. Sie ritzte sich den rechten Arm leicht auf, als sie eine hervorstehende kleine Scherbe beim Durchsteigen nicht beachtete und fluchte.

Ich folgte ihr und rief über die Schulter: „Pass' auf die Scherben auf!"

Die Scherben, die in den Hausflur gefallen waren, knirschten unter meinen Schuhen. Anne-Catherine war schon aus meinem Blickfeld verschwunden.

„Hier!" rief sie laut, und ich lief bis zum Ende des Hausflurs. Nowak kam nun hinterher.

„Ich sah, wie Anne-Catherine sich über ein verschnürtes Bündel gebeugt hatte und nun sanft und in leisen Worten auf das Bündel einredete.

Der Anblick war erschreckend, aber das Bündel zuckte und gab unverständliche Laute von sich.

Carsten Strauch war ebenfalls eine Tüte über den Kopf gezogen worden, und wie bei Kling senior und junior hatte sein Peiniger ihm einen Trichter durch die Tüte in den Mund gerammt. Allerdings hatte der Täter seine 'Konstruktion' mit auffällig viel Paketklebeband verstärkt, so dass sich der Trichter nicht sofort entfernen ließ. Zudem war die Papiertüte unterhalb des Kinns zusammengedrückt und mit mehreren Lagen des Klebebandes umwickelt worden.

„Ich rufe den Notarzt und die Polizei an", sagte ich. „Und schau du bitte nach einer Schere oder nach einem scharfen Messer, Jürgen."

Er setzte sich sofort in Bewegung, während ich telefonierte. Wir hörten eine Schublade, die herausgerissen wurde und zu Boden polterte. Nowak kam mit einer Schere und mehreren Messern zurück.

„Ganz ruhig, Herr Strauch, ganz ruhig", flüsterte Anne-Catherine sanft. „Sie sind in Sicherheit, und Ihr Sohn Jürgen ist auch hier."

Er gab ein Geräusch von sich, welches uns zuversichtlich stimmte, dass Carsten Strauch begriffen hatte, dass wir Freund und nicht Feind waren.

„Bitte bewegen Sie sich nicht", beruhigte Anne-Catherine den verletzten Lehrer. „Ich werde jetzt mit der Schere diese Tüte so gut wie möglich aufschneiden, dass Sie Ihren Sohn und mich sehen können." Sie drehte sich und bat: „Jürgen, komm' bitte zu mir, dass dein Pa dich sehen kann."

Strauchs Sohn kniete neben seinem Vater nieder und weinte. „Hey, Paps, ich bin's."

„Jetzt geht es los", sagte Anne-Catherine zu dem Bündel und begann, die Papiertüte aufzuschneiden. Um die Augen nicht durch eine falsche oder panische Bewegung von Strauch zu verletzen, begann Anne-Catherine auf der Höhe zu schneiden, wo sie die Ohren vermutete. Nun schnitt sie aufwärts und trennte die Tüte soweit auf, dass wir Carsten Strauchs Stirn und die Augen sehen konnten. Ein grunzendes Geräusch schien ein Zeichen der Erleichterung zu sein. Mit einer nickenden Kopfbewegung, deutete er ein ‚ich lebe‘ an.

Meine Partnerin redete weiter behutsam auf den Verletzten ein und begann, die Papiertüte seitlich weiter abwärts zum Hals und zum Nacken zu zerschneiden und versuchte, den Trichter sachte aus der Mundhöhle zu entfernen.

„Ich glaube, dass gegenüber eine Krankenschwester wohnt. Kann auch 'ne Altenpflegerin sein", sagte der Rastaman an mich gerichtet.

„Ich geh‘ rüber. Das ist besser als alles andere, bis der Notarzt eintrifft."

Auf dem Weg zum Ausgang entdeckte ich einen Schlüsselbund. Ich schloss die arg lädierte Haustür auf, damit ich nicht erneut durch den zerstörten Innenteil schlüpfen musste. Wenn die Tür von innen verschlossen war, musste Strauchs Peiniger einen anderen Weg gewählt haben, um sich aus dem Staub zu machen. Vielleicht durch den Keller...

Es hatten sich Nachbarn versammelt, die den Radau

gehört hatten. Ein älterer Mann hielt ein Handy am Ohr, und ich hörte etwas wie *'Einbrecher'*.

„Nein, keine Einbrecher!" rief ich dem couragierten Senior zu. Wir brauchen Polizei und Notarzt."

Er reagierte schnell, beendete das Telefonat, dass ganz eindeutig mit der Polizei geführt worden war und sagte noch ein wenig irritiert: „Ja, die Polizei meinte, es wären schon Beamte und ein Krankenwagen unterwegs."

„Weil ich vorher angerufen habe! Wissen Sie, wer aus der Nachbarschaft als Krankenpfleger arbeitet?"

„Das ist meine Tochter", meinte der Alte. „Ich geh' sie holen."

Der rüstige Rentner enteilte, verschwand in dem gegenüberliegenden Haus und kam nur wenige Sekunden später mit einer kleinen und pummeligen Frau zurück, der ich die Situation kurz schilderte. Sie zögerte nicht lange und folgte mir in das Haus der Familie Strauch, während der eifrige Senior sich ebenfalls nützlich machen wollte und sich pfiffig zeigte: „Ich sorge hier mal für eine Notfallgasse, dass der Krankenwagen bis ans Haus fahren kann!"

Die gut zehn oder zwölf Zuschauer stellten zwar kein wirkliches Hindernis dar und standen ohnehin auf dem Gehweg, aber den löblichen Einfall kommentierte ich mit: „Danke, Sie sind eine große

Unterstützung."

Der Senior lächelte freundlich. Vielleicht gab es Augenblicke, in denen sein Dasein als Rentner einfach zu langweilig war.

Ich ging zurück in das Haus der Strauchs. Die Tochter des Seniors kniete, wie auch Anne-Catherine, neben Carsten Strauch, und sie deutete auf leere Wodkaflaschen und mehrere leere Arzneischachteln, die mir jetzt erst auffielen: „Es geht nicht anders, ich muss seh'n, dass er sich erbricht. Wer weiß, was Herr Strauch alles intus hat!"

Nun redete Sie behutsam auf ihn ein: „Ich muss Sie leider bewegen, Herr Strauch, das kann jetzt weh tun. Aber wir müssen schau'n, dass alles rauskommt, was noch im Magen ist."

Strauch war ohnehin durch den gebrochenen Arm gehandicapt, aber die Art und Weise, wie sein Peiniger ihn verschnürt hatte, ließ darauf schließen, dass er in keiner Weise sachte oder vorsichtig war. Er wollte Strauch einfach nur verschnüren, offensichtlich egal, wie schlimm die Schmerzen waren, die er ihm zufügte.

„Ich drehte mich leicht weg, und hörte, wie die beherzte Nachbarin und Krankenschwester ihn tröstete: Gleich ist alles vorbei."

Einem schmerzvollen Wimmern folgte ein Würgegeräusch, und ich mochte mir beim Anblick der leeren Wodkaflaschen und der leeren Arzneimittelschachteln nicht vorstellen, wie diese Mischung aus Alkohol und Tabletten auf Strauchs Körper gewirkt hatten.

Jürgen Nowak hatte sich beruhigt. Dass sein Vater, wenngleich in einem furchtbaren Zustand, lebte, gab ihm Aufwind. Der Gestank des Erbrochenen wurde intensiver, und er öffnete die Fenster der Küche sperrangelweit.

Ich stellte mich neben ihn ans Fenster und sah den Alten vor dem Haus, der uns gespannt anstarrte. Seine Aktivitäten, Neugierige fernzuhalten war insofern erfolgreich, dass das Dutzend Anwohner Respektabstand hielt.

Ich nickte ihm zu und rief: „Danke! Wir reden später. Alles gut im Moment!"

Der Senior antwortete mit einem *'Daumen hoch'*, als sei er ein cooler Teenie, und er freute sich.

Ich schaute den Rastaman an, der sich eine Zigarette anzündete. Ich war fast schon dankbar, denn der Rauch lenkte vom Gestank von Strauchs Mageninhalt ab: „Weißt du, was für Medikamente das sind, von denen die Schachteln überall herumliegen?"

„Nicht wirklich, Alwin", gab er zur Antwort. „Ich weiß, dass Carstens Frau wegen Migräne starke Medikamente nimmt, wenn sie Beschwerden hat. Ich glaube, sie hat auch Probleme mit der Schilddrüse, aber ich weiß nicht, ob sie dafür auch 'was einnimmt."

Ich hockte mich auf den Boden und betrachtete die Arzneiverpackungen: „Dieses Mittel ist Ibuprofen, das andere nennt sich Sumatriptan. Beides passt zu der Migräne. Die anderen Verpackungen sagen mir auch nichts…"

Das Rätsel würde sich bald klären, denn der Krankenwagen traf ein. Ihm folgte ein Polizei-Passat. Der engagierte Senior hantierte und gestikulierte wild, und die Sanitäter nickten ihm zu und eilten in das Haus der Strauchs. Der Alte eilte hinterher, aber einer der beiden Polizeibeamten, die eiligen Schrittes den Sanitätern folgten, hielten ihn davon ab, das Haus zu betreten.

„Wenn der Notarzt da ist, schicken Sie ihn bitte nach", bat ihn einer der Schupos.

Beide Polizeibeamte kannte ich nicht. Ich nutzte den Moment, ihnen zu erklären, wie wir Carsten Strauch aufgefunden hatte und warum wir überhaupt hier waren. Ich stellte ihnen zudem Jürgen Nowak als Sohn des Opfers vor.

Während sich die beiden Beamten einen Überblick verschafften, traf auch der Notarzt ein, der sich schnellen Schrittes zu den beiden Sanitätern gesellte, die zuvor Anne-Catherine und die Tochter des hilfsbereiten Seniors abgelöst hatten.

„Es wäre gut, wenn alle, die im Moment in der Wohnung eher im Weg stehen, draußen warten", bat einer der Polizisten mit ruhiger Stimme, schaute aber Jürgen Nowak an und ergänzte: „Sie können natürlich bei Ihrem Vater bleiben, falls der Notarzt keine Einwände hat."

Anne-Catherine, die uns namentlich unbekannte Helferin und ich verließen das Haus. Mittlerweile hatten sich weitere Anwohner versammelt und schienen beunruhigt über das, was ihrem Nachbarn zugestoßen sein mochte.

Anne-Catherine sah mich an: „So wie Strauch auf dem Boden gelegen hat, war er anscheinend auf dem Stuhl festgebunden. Als wir geklingelt haben, bewegte er den Stuhl so gut er konnte, damit wir ihn hören. *Das* waren die Geräusche, Alwin. Und das Krachen war tatsächlich, dass er mit dem Stuhl umgefallen ist. Ich frage mich, wie lange er schon so ausharren musste."

Ich zuckte einfach ratlos mit den Schultern. Der Anblick des so arg gequälten Mannes hatte mich mehr schockiert als der Anblick von Kling junior Tage zuvor. Kling war tot, das war schlimm genug und auch erschreckend genug. Aber die Angst, die Not und die Verzweiflung in den Augen von Carsten Strauch, nachdem Anne-Catherine ihn von der Papiertüte so gut wie möglich befreit hatte, saß tief in mir.

Die Erleichterung, dass wir Strauch lebend angetroffen hatten, bekam einen Dämpfer.

„Schnell, verdammt, wir verlieren den Mann!" hörte ich den Notarzt durch die offenen Küchenfenster.

Fünfzehntes Kapitel

Es war fast 21 Uhr. Anne-Catherine und ich hatten Jürgen Nowak zum Schleidener Krankenhaus begleitet und ihn nicht mit seinen Sorgen um den schwer verletzten Vater alleine gelassen.

Der Notarzt musste Carsten Strauch wenige Stunden zuvor wiederbeleben. Es gelang, und Strauch wurde, so schnell es ging, nach Schleiden transportiert. Stunden später wurden wir informiert, dass der Patient überleben würde.

Da Nowak zu aufgewühlt war, hatte Anne-Catherine die Ehefrau von Carsten Strauch angerufen. Sie befand sich bereits auf dem Weg zurück in die Eifel. Die drei Kinder würden in der Obhut ihrer Großeltern bleiben. Ihr Bruder, so teilte sie mit, würde sie in die Eifel fahren, damit sie in ihrem besorgten Zustand nicht durch Eile und Hetze womöglich verunfallte.

Der Senior, der gegenüber der Familie Strauch wohnte, hieß Roloff. Als wir in den Duster stiegen, um dem Rettungswagen zu folgen, hatte ich noch aufgeschnappt, dass er den Polizisten vor Ort angeboten hatte, die arg ramponierte Eingangstür mit einer Holzplatte zu verbarrikadieren.

„Lassen Sie uns zunächst mal die Spuren sichern", hatte der Polizist auf das freundliche Angebot reagiert. „Und danach sehen wir weiter."

Es mochte nur ein Nebenschauplatz sein, aber der alte Mann konnte ein Vorbild für jene sein, die sich nur als Gaffer disqualifizieren, oder lieber Wegschauen anstatt mit Zivilcourage einzuschreiten, wenn Not am Mann ist.

Die Nachbarschaftshilfe schien in der Danziger Straße zu funktionieren, denn ein weiterer Anwohner tauchte mit einigen Flaschen Mineralwasser, und sogar mit Einwegbechern, auf und stellte beides neben dem zuvorderst stehen Polizei-Passat mit den Worten: „Für euch, bitteschön. Bei der Affenhitze…"

Ich informierte auch Welsch telefonisch, was sich heute zugetragen hatte., allerdings nur kurz und knapp.

Anne-Catherine und ich spazierten in den Fluren des Krankenhauses, während Jürgen Nowak auf das nächste Statement der Ärzte wartete. Ich hatte ihm angeboten, dass wir bei ihm bleiben, bis wir mehr über den Gesundheitszustand seines Vaters erfuhren.

„Die politische und kackbraune Vermutung ist mit dem zweiten Angriff jedenfalls futsch", sinnierte Anne-Catherine. „Und das gibt der Behauptung unserer zwei Auftraggeber anscheinend Recht, dass der Täter es nicht auf politisch rechts außen stehende Pauker, sondern auf Lehrer allgemein abgesehen hat. Ein Linkspartei-Strauch ist schließlich der krasse Gegensatz."

„Vor allem, Anne-Catherine, muss der Hass, oder das Motiv des Täters tief in ihm sitzen, denn ein zweiter Angriff auf Strauch gibt mir so ein Gefühl, dass unser Unbekannter auch das Risiko eingeht, entdeckt zu werden. Er wird immer unvorsichtiger, und unter Umständen hat er Strauch nicht in der Nacht zuvor, sondern am helllichten Tag einen Besuch in dessen Haus abgestattet."

„Tja, das wird uns nur Strauch selbst beantworten können. Falls er diese Tortur tatsächlich überlebt," gab ich zu bedenken. „Aber mich macht etwas Anderes stutzig. Wie konnte sein Peiniger wissen, dass Jürgens Vater wieder aus dem Hunsrück zurückgekehrt ist? Das hat ja keiner an die große Glocke gehangen. Und dann ist zu bedenken, dass der Täter sich sicher fühlen musste, dass Strauch allein im Haus ist. Also wusste er vermutlich auch, dass seine Frau und die Kinder im Hunsrück geblieben sind."

Wir drehten und spazierten den langen Flur zurück.

„Wir müssen und jedenfalls von dem Gedanken verabschieden, dass da ein Nazi-Killer am Werk ist", stellte Anne-Catherine fest. „Wobei mein innerer Schweinehund sagt, dass es um Sturm, Kling und dessen Sohn nicht schade ist."

„Mir geht's ähnlich", sagte ich. „Wenn wir aber jetzt davon ausgehen, dass der Schwerpunkt nicht der politische Hintergrund ist, sondern das Dasein als Lehrer, dann passt Michael Kling als ehemaliger Schüler auch nicht in das Schema."

„Stimmt. Was die einzige Verbindung darstellt, ist die Schule. Kling, Sturm und Strauch als Lehrkörper, und der Sohnemann von Kling als Schüler", bemerkte Anne-Catherine.

„Trotzdem tappen wir weiter in der Dunkelheit, *Frau Schlau*", versuchte ich die beklemmende Atmosphäre ein wenig zu lockern, aber es gelang mir nicht. „Vollkommen irre bleibt aber, dass Michael Klings Todeszeitpunkt, dieses Attentat auf eines oder mehrere Wohnheime der Flüchtlinge platzen ließ."

„Ein durchgeknallter Mörder als Held, auch das noch!" Anne-Catherine rollte mit den Augen. „Dem entgegen steht der Mordversuch heute. Und Strauch scheint eher zu den *Guten*, eben auch als Vertrauenslehrer, zu gehören."

Ich nickte: „Und Jürgen erwähnte auch, dass sein Vater nach wie vor erster Ansprechpartner der Schüler ist, wenn ein Problem besteht."

Wir bogen ab, in einen anderen Teil des Trakts und sahen Jürgen zwanzig Meter entfernt, wie er mit einem Mann im weißen Kittel sprach. Wir konnten nicht hören, was beide redeten, aber ein Lächeln des

Kittelträgers und ein freundliches Schulterklopfen waren ein erneutes gutes Zeichen, dass Carsten Strauch lebte und hoffentlich wieder komplett zurück ins Lebens findet.

Nowak verabschiedete sich mit einem Handschlag und lief nahezu ausgelassen auf uns zu.

„Mein Pa kommt durch", keuchte er. „Der Arzt hat mir gerade bestätigt, dass er auch kurz ansprechbar war. Seine Rettung war vielleicht, dass diese Nachbarin geholfen hat, dass mein Vater sich erbricht. Viel hat aber nicht gefehlt, dass mein Pa gestorben wäre."

Anne-Catherine drückte ihn, und ich beließ es bei einem herzlichen Schulterklopfen, denn dieses Pauschalknuddeln und -drücken war nicht *meins*.

„Hauptsache, er ist in guten Händen", bestätigte ich dem zunehmend liebgewonnenen Rastaman.

„Der Arzt meinte, ich sollte heimfahren, zumal sich mein Vater zurzeit in einem künstlichen Schlaf befindet. Ich habe es aber nicht ganz verstanden. Das kann auch eine Narkose sein, denn die Ärzte mussten den gebrochenen Arm neu versorgen. Es ist leider nicht ausgeschlossen, dass der Arm nicht mehr ganz so funktionsfähig sein wird, wie zuvor."

„Hauptsache, dein Pa lebt", freute sich Anne-Catherine und drückte Jürgen Nowak erneut. „Dann lasst uns fahren, und wir setzen dich in Olef ab."

Wir stiegen in den Duster und nahmen einen Schleichweg an den Bahngleisen von Schleiden Richtung Olef vorbei und waren bereits nach gut fünf Minuten im Johannesweg angekommen.

„Komisch", meinte Nowak. „Da ist kein Licht in der Wohnung. Klaus ist immer noch nicht da. Sein Handy war eben auch aus, als ich ihn während der Warterei anrufen wollte."

Er verabschiedete sich, und wir vereinbarten, dass wir uns am nächsten Tag bei ihm melden. Natürlich beschäftigte auch uns, wie es Carsten Strauch weiterhin gehen würde, nachdem er auch den zweiten Überfall überlebt hatte.

„Gastrecht", grinste Anne-Catherine, als ich den ersten Gang einlegte und gemütlich losrollte. „Das ist ja eigentlich ein süßes Kerlchen, der Jürgen. Schau dir diese smaragdgrünen Augen an!" Sie seufzte. „Schade eigentlich, dass der unter Welpenschutz steht…"

Sechzehntes Kapitel

Der Mann am Steuer des Dacia Duster bog nach Dedenborn ab. Die Sonne schien unerträglich hell, und er nahm seine Sonnenbrille aus dem Handschuhfach. Der Fahrer sah bereits das Ortschild. Er und seine Beifahrerin ahnten ihren düsteren Verfolger nicht. Um diese Uhrzeit bogen genug Leute Richtung Dedenborn ab

Ein sich rasant nähernder VW-Bully irritierte den Dacia-Fahrer, und der kunterbunte Bus rammte den Duster mit voller Wucht. Gleichzeitig schrie die Frau auf dem Beifahrersitz auf. Es waren Sekundenbruchteile, und der Bully rammte den Duster ein zweites Mal, der SUV raste die Böschung ungebremst hinab.

Es ging alles zu schnell, um einen klaren Gedanken fassen zu können, das Fahrzeug überschlug sich mehrfach, Blech knarzte, Glas splitterte. Als der Duster auf dem Dach liegen blieb, sah der nur leicht verletzte Fahrer, wie seine Begleiterin schlaff und ohne Regung in den Sicherheitsgurten hing. Sie war leblos, und die Stille war unheimlich. Der Geruch von Benzin ließ ihn panisch werden. Flammen schossen hoch, und die ohnmächtige Frau bewegte sich nicht. Er löste den Gurt und zerrte an ihr. Sie konnte an der Wirbelsäule verletzt sein, aber ob Feuertod oder ein Leben im Rollstuhl, er hatte keine Wahl.

Der Dacia brannte mehr und mehr, und die Flammen züngelten jetzt in den Innenraum.

Wie aus einem Hut gezaubert, standen plötzlich zwei Männer vor dem brennenden Wrack. Es waren Klaus Faber und Jürgen Nowak, und beide brüllten „Braunes Auto, Nazi-Auto! Tötet alle Faschos!"

Der verletzte Fahrer des Duster streckte ihnen hilflos die Hand entgegen, als seine Beifahrerin aus der Ohnmacht erwachte, den Rastaman anschaute und schwärmte: „Du hast so schöne grüne Augen und einen süßen Knackarsch!!!"

Ich wachte schweißgebadet auf. Wieder eine neue Albtraumvariante. Die kesse Knackarschversion war wieder was Neues. Taghell statt Nacht, Duster statt Civic. Und dann die vollkommen verdrehte Logik über braune Autos und politischer Ideologie!

Ein Blick auf den Radiowecker verriet, dass ich meinem Ruf als Langschläfer ohne Wenn und Aber gerecht geworden war ... es ging auf 13 Uhr zu, die richtige Zeit, Nachrichten zu hören.

Ich suchte einen passenden Sender in meinem Radiowecker und hörte gespannt zu, was aus der Region berichtet wurde. Die Waffenfunde im Hause Kling blieben weiter Thema Numero eins. Offenbar gab es weitere Verhaftungen...

> *"...drei weitere Verhaftungen. Die drei Verdächtigen sollen die zwei Attentate gemeinsam mit Michael K. geplant hatten. Einer der Männer wurde durch einen Polizisten leicht verletzt. Der Verdächtige hatte die Beamten mit einem Messer angegriffen. Nach ersten Vermutungen, dass die festgesetzten Rechtsextremisten ein Flüchtlingsheim in Simmerath angreifen wollten, wurde nun bekannt, dass die Attentäter zeitgleich eine Unterkunft nahe Monschau überfallen wollten. Bei einem der in den Morgenstunden verhafteten Verdächtigen wurden zudem Chemikalien gefunden, die für den Bau*

einer Bombe geeignet sind.

Nach dem Mord an Michael K. teilte die Polizei ferner mit, dass in der Wohnung von K. eine weitere Schusswaffe und Magazine mit Munition gefunden wurden. Allerdings, so die Behörden, wären auch Magazine zu einem Waffentyp gefunden worden, ohne dass eine passende Waffe vorhanden war.

Michael K. war Mitglied der Partei Rechte für Europa. Weder der Parteivorsitzende der RFE noch ihr Pressesprecher wollten sich weiter äußern. Eine schriftliche Stellungnahme soll jedoch kurzfristig erfolgen..."

Nebenan wurde es laut. Das konnte nur bedeuten, dass Anne-Catherine über meine CD-Sammlung hergefallen war und Lust auch brachialen Lärm hatte.

Immerhin eine gute Wahl, denn 'More' von den *Sisters Of Mercy* ging ab wie das stets gern zitierte Zäpfchen.

Das Quieken allerdings war definitiv *nicht* der Sänger der Band, es war schlimmer, denn Anne-Catherine schien sich für eine Casting-Show ein Gesangstraining selbst verschrieben zu haben. Aber ob es von DSDS zu DSAC – *Deutschland sucht Anne-Catherine* – reichen würde, wagte ich zu bezweifeln.

Ich beschloss, ihr die Illusion nicht zu rauben. Der Song war eh am Ende. Aber nein! *Madame Rock'n' Roll* ging klickte auf *Anfang* und 'More' startete auf ein Neues.

Ausgeschlafen rappelte ich mich auf und suchte den Weg ins Badezimmer und genoss eine kalte Dusche, denn die Bruthitze des Vortages hatte alle Klamotten am Körper festkleben lassen. Auch die Nachttemperaturen waren alles andere als kühl gewesen.

Ich betrachtete mein Gesicht im Spiegel und sah einem Ermittler in die Augen, der dem Ziel des vor wenigen Tagen zuvor angenommenen Auftrages keinen Schritt näher gekommen war. Nüchtern betrachtet, waren meine Mitstreiter und ich stets in der Nähe der Problematik präsent und unterwegs gewesen, aber wir hatten keinerlei 'Pack an'.

Michael Kling wäre auch ohne unsere Recherchen ermordet worden. Auch die Waffen, die er gebunkert hatte, wären der Polizei gemeldet worden. Frau Kling hatte lediglich in ihrer ersten Ratlosigkeit bei Anne-Catherine angerufen. Danach war es nicht mehr unsere Baustelle.

Glücklich konnten wir allerdings sein, dass wir im Rahmen unserer Recherchen Carsten Strauch in diesem jämmerlichen Zustand früh genug entdeckten und er so überlebte, nachdem sein Angreifer wieder zugeschlagen hatte.

In der Aufregung hatte ich zwar die leeren Wodkaflaschen entdeckt, während Anne-Catherine und die Nachbarin Strauch von seinen Knebeln und Fesseln befreiten, aber ich hatte sie nicht gezählt. Vier oder fünf? In jedem Falle hatte der Täter vermutlich sogar entzückt reagiert, haufenweise Arzneien zu entdecken, die er Strauch vermutlich mit dem Wodka durch den Trichter eingeflößt hatte.

Mir war aufgefallen, dass sich eine der dickeren Pillen in dem Trichter verkantet hatte, so dass der Wodka unter Umständen nicht so in den Rachen fliessen konnte, wie der Täter es wollte. Vielleicht war es ihm auch nicht aufgefallen. Auffällig war, dass eine große Lache Wodka das Laminat hatte aufquellen lassen. Ich vermutete, dass Strauch zunächst auf dem Boden lag, als ihm der Unbekannte den Alkohol und die Tabletten verabreichte und ihn später auf dem Stuhl festband.

„Guten Morgen, oder eher, guten Tag!" grüßte ich frisch gestriegelt die zweite Hälfte der Detektei Schreer und Vartan, während zum x-tem Mal 'More' rockte.

„Da biste ja", begrüßte mich Anne-Catherine. „Du hast so artig geschlafen, dass ich dich nicht geweckt habe. Wir brauchen ja auch mal eine Verschnaufpause."

„Und du?"

„Ob ich artig geschlafen habe? Oder ob ich eine Verschnaufpause brauche?"

„Beides, Madame…"

Anne-Catherine lachte: „Ich habe auch erst gegen elf die Koje verlassen und es mir dann auf Deiner Terrasse gutgehen lassen. Sonnenschirm auf, Musik an und ein gutes Buch begonnen."

Sie deutete auf das Taschenbuch, das auf dem Küchentisch lag. *Die Pest*, ein Werk des Franzosen Albert Camus, der 1960 Jahre nur deshalb tödlich verunglückte, weil er das Angebot des Neffen seines Verlegers annahm, seine Reise nach Paris als Beifahrer wahrzunehmen, obwohl er bereits ein Zugticket in der Tasche hatte. Ein geplatzter Hinterreifen des Facel Vega war der Grund, dass sein Fahrer ins Schleudern kam und das Fahrzeug gegen einen Baum prallte. Camus, bekannter Literaturnobelpreisträger des Jahres 1957, war sofort tot. Seine Fahrer erlag vierzehn Tage später seinen Verletzungen.

„Außerdem hat sich Jürgen Nowak bereits gemeldet.

Sein Vater ist weiterhin stabil, wollte er uns mitteilen", berichtete Anne-Catherine. „Wir sollen ihn am späten Nachmittag anrufen. Vielleicht hat er bis dahin eine Auskunft der Ärzte, ob Strauch wieder ansprechbar ist. Allerdings hat die Polizei zweifelsfrei den Vortritt."

„Klar", bestätigte ich. „Aber vielleicht kann Jürgen uns schon mehr sagen. Die Hauptsache ist, dass sein Vater nicht mehr in Lebensgefahr schwebt. Da das schon der zweite Anschlag auf ihn ist, hat die Polizei hoffentlich reagiert."

„Hat sie", bestätigte meine Partnerin. „Ich habe auch schon mit Reiner telefoniert und von gestern berichtet. Er hat mal neugierig bei seinen Ex-Kollegen nachgehakt. Die haben dann erzählt, dass tatsächlich ein Polizist ein Auge auf Strauch hat, solange er im Krankenhaus liegt. Man befürchtet einen dritten Versuch, den Lehrer zu töten. Seiner Ehefrau hat man ebenfalls Polizeischutz angeboten."

Unsere gemeinsame Trägheit war der Aufregung der letzten Tage geschuldet. Uns fehlte der notwendige Schwung, aber auch die Idee, wie wir weiter vorgehen mochten, um den Auftrag von den pensionierten Studienräten Vogel und Pesch erfolgreich umzusetzen. Wir hatten *nichts*, aber zumindest Carsten Strauch vor dem sicheren Tod bewahrt. Zugegeben, das war im Grunde das Gegenteil von *nichts*, sogar verdammt *viel*.

Siebzehntes Kapitel

Den weiteren Verlauf des Tages verbrachten wir mit Faulenzen. Die Akkus waren einfach leer. Anne-Catherine hatte sich weiter in Camus' *Die Pest* vertieft, während es mich vor den Fernseher zog und ich mir zum x-ten Mal die *Blues Brothers* anschaute.

Anne-Catherine hatte gegen siebzehn Uhr versucht, Jürgen Nowak zu erreichen, aber es antwortete nur seine Mailbox. Eine halbe Stunde später startete ich den nächsten Versuch und war auch erfolglos.

„Vielleicht ist er noch im Krankenhaus", sagte ich mehr zu mir selbst als zu Anne-Catherine, die dennoch ganz Ohr war und zustimmte.

Ich entnahm die DVD der *Blues Brothers* dem Abspielgerät und überlegte, ob ich anschließend *Highlander* oder *Spiel mir das Lied vom Tod* anschauen sollte. Letzteres setzte sich durch.

Ein Handy klingelte. Es war nicht *Far Far Away*, sondern die belgische Nationalhymne, somit jenes Telefongerät meiner wallonischen Kollegin.

„Hey! Du?" hörte ich sie freundlich sagen. „Nein, ich bin nicht in Gemünd … nein, bei Alwin, ich habe hier doch Gastrecht."

Sie lauschte weiter.

„Nein, wenn so drängt, dann komm' vorbei", hörte ich Anne-Catherine sagen. Sie schaute mich fragend an. Ich wusste zwar nicht mit wem Anne-Catherine sprach, aber ich nickte. Schließlich schien die Welt irgendwo unterzugehen.

„Okay, bis gleich!" verabschiedete sich meine Partnerin und schaute mich an. „Das war Anja, total aufgelöst. Ich hab' kaum was verstanden. Anscheinend hat der Knatsch mit Arno jetzt richtig Fahrt bekommen."

„Tja, reden konnte ich ja noch nicht mit ihm", bedauerte ich aufrichtig. Wie auch, in den letzten zwei oder drei Tagen? „Jetzt werden wir auch noch zu Paartherapeuten …

Achtzehntes Kapitel

Es schellte und Anne-Catherine eilte zur Haustür. Ich hörte sie aus der Ferne beruhigend auf Anja einreden, die offensichtlich komplett aufgelöst war.

„Komm' erstmal rein, dann sehen wir weiter", sprach Anne-Catherine auf sie ein.

Ich stand auf, als beide ins Wohnzimmer traten. Eine komplett verheulte Anja stand vor mir, und ich fragte etwas ungelenk, was denn passiert sei.

„Nimm doch einfach Platz, und dann sehen wir weiter", ermutigte sie meine Partnerin, und Anja nahm Platz. Aber der nächste Heulkrampf schüttelte sie. Anne-Catherine setzte sich neben sie auf das Sofa und zog sie behutsam an sich.

Nach einigen Minuten hatte Anja sich gesammelt und zog etwas aus ihrer Handtasche, dass wie ein Schulheft, genauer gesagt wie ein Notenheft für den Musikunterricht, in DIN A5 ausschaute.

Anja begann, immer wieder stockend und von Schluchzen unterbrochen, zu erzählen: „Ich war so wütend auf Arno! Er lässt mich mit dem Einzug in sein Haus total hängen und ist fast nie da. Und das hat zu immer mehr Streit geführt. Manchmal hat er mich einfach stehen lassen und ist gegangen."

„Mir hat er kürzlich erzählt, dass er seit einiger Zeit regelmäßig bei einem Taxiunternehmen arbeitet", bestätigte ich, dass wir zumindest ansatzweise von den Streitereien wussten.

„Stimmt", sagte Anne-Catherine. „Er meinte sinngemäß, dass er das wieder hinbiegt."

„Von wegen Hinbiegen!" kam es auch Anja heraus. „Belogen hat er mich, nach Strich und Faden verarscht!" Sie machte eine Pause und atmete tief ein: „Vorgestern hat es mir gereicht. Ich habe am Abend bei dem Taxiunternehmer angerufen, der komplett aus den Wolken fiel. Er sagte mir, dass Arno bereits seit sechs Wochen nicht mehr bei ihm jobbt."

„Krass!" kommentierte Anne-Catherine ungläubig.

„Das ist noch nicht alles", setzte Anja fort. Der Inhaber meinte, dass Arno vorher bei ihm zwar ausgeholfen hat, aber immer nur von sechzehn bis zweiundzwanzig Uhr. Danach wäre es in der Eifel nicht rentabel, mit dem Taxi in der Nacht auf Kunden zu warten."

Ich murrte: „Verdammt! Auf die Idee bin ich nie gekommen, wenn er von seinem Bereitschaftsdienst erzählte. Klar, das rechnet sich mit Sicherheit nicht in der Eifel."

Anja schluchzte erneut und konnte sich wieder kaum

beruhigen. Ich überlegte, dass ich die beiden Frauen einen Augenblick allein lassen sollte und sagte kurz: „Ich geh mal grad 'raus und versuche nochmal den Jürgen zu erreichen."

Bei Jürgen Nowak meldete sich nach wie vor nur die Mailbox. Ich kehrte also in das Wohnzimmer zurück.

Anja, die sich langsam wieder beruhigte, erzählte weiter: „Ich habe ihm dann hinterher telefoniert, aber Arno hatte das Handy aus. Seit vorgestern habe ich ihn weder gesehen noch gesprochen."

„Meinst du, dass er vielleicht wieder mit Alkohol..."

„Nein!" Anja Unterbrach mich. „Das hätte ich gerochen. Ich habe dann vermutet, dass er eine andere Frau kennengelernt hat und habe dann heute Nachmittag in seinen Sachen geschnüffelt."

„Und seit vorgestern nichts mehr von ihm gehört", fasste ich ungläubig nach.

„Ja, seit vorgestern. Nichts, überhaupt nichts!" Sie holte tief Lust. „Ich habe also in seinen Sachen gestöbert, erst im Wohnzimmer und dann in der kleinen Dachkammer, die so eine Mischung aus Arbeitszimmer und Raum für seine Basteleien ist. Und dieses Heft lag da auf dem Tisch!"

Sie schob mir das kleine Schulheft über den Couchtisch, als wenn es Pest und Cholera hätte, ich sah auf der Vorderseite in schönen Buchstaben mit Tinte geschrieben *Marcel Wergen, Klasse 9a.* Es war ein Heft für den Musikunterricht, die Art, um Musiknoten in den Zeilen zu zeichnen. Oder *schrieb* man Musiknoten? Ich wusste es nicht.

„Arnos Sohn", sagte ich irritiert. Anne-Catherine schaute ebenso verwirrt.

„Schaut bitte in das Heft, in den hinteren Teil. Vorn sind nur Musiknoten und passende Anmerkungen. Schaut, was Arno anscheinend mit Textmarker hervorgehoben hat!"

Ich las die Zeilen, die der damals etwa fünfzehn Jahre alte Marcel Wergen verfasst hatte. Es standen deutlich mehr Worte auf diesen Seiten, als im Augenblick wichtig war. Die markierten Passagen verfehlten ihre Wirkung nicht, bevor ich Anne-Catherine das Notenheft über den Tisch schob.

„Wir müssen sofort nach Olef! Du fährst bitte mit uns, Anja! Welsch und die Polizei rufen wir von unterwegs an. Und das Schulheft nehmen wir mit!"

Anne-Catherine war mit Jeans, Bluse und Schuhen fertig für den Aufbruch und blätterte in dem Heft. Während ich schnell meine Jogginghose gegen eine Jeans im Schlafzimmer tauschte und nach Schuhen suchte, hörte ich den zweiten Teil von der Detektei Schreer und Vartan fassungslos und stockend sagen: „Lieber Gott, lass das bitte nur ein böser Traum sein!"

„Ist es das, was ich befürchte?" hörte ich Anja fragen. Natürlich wusste sie letztlich auch durch die Presse, und vielleicht auch durch Arno selbst, was seit Mai in der Nordeifel und im Hohen Venn abging. Und auch sie hatte eins und eins zusammengezählt...

Neunzehntes Kapitel

Wir eilten zu meinem Auto, die tapfere Anja stieg hinten ein. Ich jagte den Duster durch Dedenborn und wusste, dass ich den irritierten Bewohnern in den nächsten Tagen erklären musste, warum ich wie ein Irrer durch unseren idyllischen kleinen Ort jagte.

Während ich fuhr, blätterte Anne-Catherine in dem kleinen Heft: „Mein Gott, Marcel muss von seinen Mitschülern ganz furchtbar gemobbt worden sein, bevor er sich umbrachte. Er hat zum Teil in Stichworten notiert, was ihm angetan wurde, teils ausführlich. Oder hier..." Sie pausierte und las zunächst schweigend, um es dann doch laut vorzulesen: *Ich habe Herrn Sturm um Hilfe gebeten, weil unser Vertrauenslehrer nicht da war und ihm gesagt, dass Michael, Klaus und Jürgen meinen Kopf in das Klo gesteckt und dann die Spülung gedrückt haben. Er hat nur gesagt, dass ich mich wehren soll und Angsthasen nichts Anderes verdienen...*"

Ich drückte noch mehr auf das Gaspedal und schoss auf Einruhr zu und unterbrach Anne-Catherine: „Darum fand man Sturm auch tot auf die alte Toilettenschüssel gefesselt."

„Da steht unglaublich viel, was der kleine Marcel niedergeschrieben hat, teilweise auch mit Datum und verschiedenen Namen. Hier steht zum Beispiel in einem anderen Zusammenhang, gut zwei Monate später... *als ich Herrn Strauch gefunden hatte, hatte er es eilig und sagte, dass er keine Zeit hat ...*"

Anja schluchzte leise: „Ich habe es auch gelesen, von Anfang bis Ende. Irgendwo steht ein weiteres Mal, dass der Vertrauenslehrer ihn stehen ließ. Ist auch markiert."

„Ja, ich sehe es gerade", bestätigte Anne-Catherine. „Moment, ich muss noch Welsch und die Polizei anrufen."

„Das fällt dir ja früh ein!" fauchte ich.

„Ja, sorry! Ich bin genauso geschockt wie du. Du bist nicht der Einzige, der Arno schon seit Jahren kennt!"

„Tut mir leid, ich kann im Moment nicht klar denken."

Anne-Catherine fluchte: „Scheiße! Das übliche Funkloch zwischen Einruhr und Vogelsang!"

„Dann probier' bitte gleich wieder. Ab Morsbach solltest du gleich Empfang haben."

Anne-Catherine las weiter aus dem Notenheft vor: *„...zwang mich Michael 'Heil Hitler' zu rufen und drückte meinen Kopf wieder ins Klo. Klaus stand daneben und Jürgen spuckte mich an und meinte mit seinen blonden Haaren und seinen blauen Augen ist* *er arisch und ich ein Untermensch…"*

Sie blätterte weiter: „Hier hat er auch Namen ohne weitere Erklärung hingeschrieben… *Michael, Klaus Faber, Jürgen 1, Jürgen 2, Herr Kling, Ferdi, Manfred…* es fehlen zwar Erklärungen, jetzt wird aber einiges klar. Und Arno hat das alles in einen Zusammenhang gebracht und spielt jetzt den Rächer seines Sohnes."

Wir befanden und kurz vor Vogelsang. Dass ich mir heute am Ortsausgang von Einruhr auch ein Foto mit Gebühren eingefangen hatte, war mir im Augenblick herzlich egal, auch wenn mich vermutlich ein Monat ohne Führerschein und Punkte in Flensburg erwarteten.

„Hier ist noch ein Eintrag, der erklärt, warum der alte Kling vermutlich sterben musste. Da gab es einen Vorfall während einer Klassenfahrt." Anne-Catherine las vor: „ *…hat Herr Kling nichts unternommen, als Michael, Ferdi und Manfred mir Schnaps gaben. Wohl weil Michael sein Sohn ist. Zwei hatten mich festgehalten und Michael drückte mir die Flasche auf den Mund. Herr Kling hat nur Schluß jetzt gerufen. Mehr nicht…"*

Hinter Vogelsang bat ich: „Ruf jetzt bitte nochmals an."

Das Mobilnetz streikte ein weiteres Mal, dann aber hatte sie Welsch erreicht und erklärte ihm in in

Stichworten, was geschehen war. Es war klar, dass Welsch zunächst ungläubig sein würde, und sie brüllte ihn an: „Wir erreichen Jürgen Nowak nicht und Klaus Faber ist seit vorgestern wie vom Erdboden verschluckt … jaja, ich weiß, wir kennen Arno schon ewig, aber darüber reden wir später! Nein … nein … verdammt! Vielleicht vergreift er sich in diesem Moment an Faber und Nowak! Ruf deine Ex-Kollegen in Schleiden an und komm' dann nach!"

Die Diskussion mit Welsch war zäh wie Leder gewesen, dass ich mich sogar schon in Gemünd befand und an der Katholischen Kirche rechts abbog. Gut drei Kilometer noch…

„Das musst du dir mal vorstellen", ereiferte ich mich. „Dass zwei Lehrer ausgerechnet uns beauftragen, den Mörder von Sturm und Kling zu suchen, konnte Arno kaum ahnen. Aber er hat genug mitbekommen und war ja sogar als Erster im Boot. Er hatte einen der Lehrer vor uns am Telefon, und der erklärte ihm, worum es ging! Und dann konnte er jeden Schritt nachvollziehen." Ich schlug mir mit der Hand vor den Kopf. „Arno brauchte nur auf meinen oder deinen Schreibtisch einen Blick werfen und hatte die Adressen von Kling junior und von der WG Faber/Nowak. Und so erfuhr er auch, dass Carsten Strauch wieder aus dem Hunsrück zurück in Gemünd war!"

„Wer Ferdi und Manfred sind, wird im Moment nicht klar", sagte Anne-Catherine nachdenklich, während

Anjas Weinen leiser wurde. „Wenn er aber Jürgen tötet für das, was ich eben vorgelesen habe, dann liegt er ganz daneben."

„Das verstehe ich nicht ganz", antwortete ich, als ich in Olef von der Hauptstraße abbog. Bis zum Johannesweg waren es nur noch wenige hundert Meter.

Sie blätterte und las erneut vor: „...*und Jürgen spuckte mich an und meinte mit seinen blonden Haaren und seinen blauen Augen ist er arisch und ich ein Untermensch...*"

„Ach du Scheiße! Ich hab's begriffen!" Ich schluckte und mir wurde flau im Magen. „Gestern hast du mir von Jürgens smaragdgrünen Augen vorgeschwärmt, aber dann ist unser Jürgen nicht das Blauauge! Das ist der andere Jürgen. Hoffentlich können wir Arno noch bremsen!"

Zwanzigstes Kapitel

Tempo 50 interessierte mich auch jetzt nicht, und dennoch durfte ich nicht den Kopf verlieren. Da spielten Kindern auf der Straße! Es war schließlich noch nicht so spät, und sie hatten noch Sommerferien. Auch einige Jungs, die cool auf ihren Mofas hockten, waren Grund genug, den Duster einzubremsen.

Von der Polizei aus Schleiden war noch nichts zu sehen, oder wenigstens zu hören. Kein Martinshorn, aber das würde sich schnell ändern.

Das Zweifamilienhaus lag geschätzte zwanzig Meter von der Straße entfernt. Ich fragte nicht lange und fuhr über den Rasen und durch die Blumenbeete bis zum Hauseingang. Im Erdgeschoß brannte Licht.

An der Vorderfront sah man ganz links den Hauseingang, rechts daneben ein Fenster ohne Gardinen. Ich war mir sicher, dass es das Küchenfenster war, aus dem wir zwei Tage vorher dem Treiben im Johannesweg zuschauen konnten und auch den alten VW-Bully im Blick hatten, als wir mit Jürgen Nowak sprachen. Aber es war zu hoch, um einen Blick in die Küche werfen zu können. Daneben musste sich allerdings das Wohnzimmer befinden. Die Unterkante des etwa zwei Meter breiten Balkons war geschätzt einen Meter vom

Boden entfernt.

„Bitte warte im Auto", bat ich Anja. Sie nickte. „Oder traust du dir zu, die Kinder, die da hinten spielen ein wenig abzulenken oder zu schauen, dass die Eltern sie in die Häuser holen? Wir wissen ja nicht, was gleich hier abgeht."

Anja sah aus wie ein Häufchen Elend, aber sie nickte tapfer: „Ja, ich versuche es."

Sie lief zur Straße, während Anne-Catherine und ich vor dem Balkon standen.

„Auf die Polizei warten, oder rauf auf den Balkon?" fragte Anne-Catherine.

Wie ich sie kannte, würde sie ohnehin nicht auf die Polizei warten.

„Balkon", bestätigte ich. „Damit wir wenigstens sehen, was Sache ist."

„Okay, Räuberleiter! Anders schaffst du es ja eh nicht."

Mir war klar, es war ihr schwarzer Humor, und es kaschierte ihre Aufregung. Sie stellte sich mit dem Rücken an den Balkon, ich stieg mit einem Fuß in ihre auf Höhe der Oberschenkel verschränkten Hände und schwang mich empor. Eine Sekunde später stand ich auf dem Balkon. Fünf Sekunden nach mir stand die deutlich sportlichere Anne-Catherine neben mir.

Die Balkontür stand sogar offen, aber der Anblick, der sich uns bot, ließ uns beide erstarren. Nun waren auch Polizeisirenen zu hören und Anja scheuchte die Kinder, die nun erschrocken nach ihren Eltern riefen.

Anja, die sich anscheinend gefasst hatte, lief zu dem ersten Polizeifahrzeug, das allerdings noch nicht stand und winkte aufgeregt mit dem Armen. Ein weiterer Passat der Polizeistation Schleiden traf ein.

Als Anne-Catherine einen Schritt zur Balkontür machte, sah ich, dass sie das Schulheft des kleinen Marco geknickt und in eine Gesäßtasche gesteckt hatte.

„Verdammt! Bleibt bloß stehen!" brüllte Arno, der mit gespreizten Beinen auf dem Boden saß und mit einer Pistole in unsere Richtung zielte. „Erst mach' ich die beiden Drecksäcke fertig."

Das geriet komplett aus der Kontrolle. Neben Arno stand eine angebrochene Flasche Wodka, und er nahm einen großen Schluck.

„Jaaaaaaaa ... schau nur hin, Madame Vartan! Das kann man alles nur besoffen ertragen. In die beiden Spinner passte ja nix mehr rein", lallte Arno.

In einer Ecke lag ein Bündel, das sich nicht rührte.

Ob es Jürgen Nowak oder Klaus Faber war, konnte ich nicht eindeutig feststellen. Auf dem Sofa lag das zweite Bündel. Beiden hatte Arno eine Tüte über den Kopf gezogen. Jenem, der in der Ecke lag, hatte er eine Plastiktüte verpasst und mit Klebeband fixiert. Es war unwahrscheinlich, dass der Mensch, der dort lag, noch lebte. Der auf dem Sofa, trug eine Papiertüte und war mit Kabelbindern gefesselt. Wie in den anderen Fällen hatte er ihm ebenfalls einen Trichter durch die Papiertüte in den Mund gerammt.

Arno schien meine Gedanken lesen zu können und fuchtelte mit der Pistole und zielte auf den zusammengekauerten Körper in der Ecke: „Das, meine verehrten Damen un' Herr'n, das ist der Klausi. Und was ist Klausi, der Faber-Klausi, meine lieben Privatschnüffler?" Er nahm den nächsten Schluck aus der Wodkaflasche und schnaubte: „Der Mörder meines Sohnes!"

Er hob die Waffe und schoss auf den Körper und verfehlte diesen knapp. Es fiel ein weiterer Schuss, der in den Oberkörper einschlug.

Ich machte einen Schritt nach vorn, aber Arno drehte sich zu uns und schrie „Halt!"

„Arno, hör' bitte auf", sprach Anne-Catherine ruhig auf ihn ein. „Du hast uns alle genug erschrocken."

„Nääää, Madame!" Er zeigte mit der Pistole auf den zuckenden Körper auf dem Sofa. „Erst wenn der da den Löffel abgegeben hat! Der liebe Jürgen, der Herr Nowak!"

Anne-Catherine zog langsam das Notenheft aus der Jeans und streckte es mit einer ganz langsamen Bewegung in Arnos Richtung. Ich schätzte, dass Arno weniger als drei Meter von uns auf dem Boden saß. Arno hatte sich eingenässt, und ich fragte mich, wieviel Alkohol er bereits intus hatte. Zumindest schien er nicht mehr aufstehen zu können. Die Waffe blieb dennoch die größte Gefahr.

„Wo hast du die Waffe her, Arno?" fragte ich, um ihn abzulenken, dass er nicht auf die Idee kam, auch auf Jürgen zu schießen. Dass Nowak noch lebte war sicher, denn er zuckte immer und immer wieder, während draußen noch mehr Unruhe entstand. Weitere Polizeifahrzeuge trafen ein. Ich glaube auch zu hören, dass Welsch mittlerweile vor Ort war, denn eine laute Stimme rief: „Mönch, Warte auf mich."

Arno hatte einen Moment überlegt und lallte: „Die Knarre? Gefunden beim Kling junior. Ich bin übrigens ein Held, wisst ihr das?"

„Ja, Arno", bestätigte ich bewusst devot wirkend. „Der hatte ein Attentat auf Flüchtlingsheime geplant, und du hast es verhindert."

Er dachte angestrengt nach, verwarf aber eine Antwort und nahm den nächsten Schluck.

Jetzt startete Anne-Catherine einen Versuch: „Sieh her, Arno. Das Schulheft von deinem verstorbenen Sohn Marco."

„*Ermordeten* Sohn Marco!" brüllte er und zielte nun auf Jürgen. „Von Mobbern in den Tod getrieben! Und Lehrern, die keine Lehrer sind!"

„Es stimmt, leider", sprach Anne-Catherine auf ihn ein. Und ich habe auch gelesen, warum du jetzt Jürgen Nowak töten willst."

„Was willste dann hier?" lallte er und fuchtelte wieder mit der Waffe. „Dann weisste doch, dat er dat verdient hat."

„Eben nicht, Arno. Du triffst den Falschen."

„Blablabla!" lallte er. „Da liegt er, der Jürgen. Drecksack!"

„Ich lese dir etwas vor. Du hast es selbst markiert. Okay?"

„Lalala ... lies du nur." Er nahm noch einen Schluck aus der Wodkaflasche. Mir wurde anders zumute. Arno hielt die Waffe plötzlich gegen sich und schaute in den Lauf.

Während Anne-Catherine in dem Schulheft blätterte, trat ich einen Schritt zurück und gab den Polizisten zu verstehen, dass sie ruhig bleiben sollten. Ich sah auch Welsch. Er schwitzte wie in seinen besten Zeiten und gab mir mit einer Geste zu verstehen, dass er mich – vermutlich auch Anne-Catherine – für komplett verrückt hielt. Ich ignorierte ihn an blieb an der Seite meiner detektivischen Partnerin.

„Hör zu Arno", begann Anne-Catherine sachte. „Hier steht *…und Jürgen spuckte mich an und meinte mit seinen blonden Haaren und seinen blauen Augen ist er arisch und ich ein Untermensch…*"

„Sag ich doch … ein Drecksack isser!"

„Ja, Arno, der das gesagt hat, der ist ein Drecksack. Aber du hast den falschen Jürgen erwischt."

„Falscher Jürgen?" lallte er. „Einmal Jürgen, immer Jürgen!"

Erneut drehte er den Lauf der Pistole und schaute in den Lauf.

„Der ist komplett verpeilt", zischte ich. Ich machte einen Schritt auf Arno zu, und sofort fuchtelte er mit der Waffe in meine Richtung.

„*Du* erschießt mich nicht. Denn dann bist du nicht besser als jeder, der einen Unschuldigen tötet!" Ich schaute ihn an, und er schien nachzudenken.

Ich fuhr fort: „Der Jürgen, von dem dein Sohn Marcel…"

„Ermordeter Sohn Marcel...", lallte er und betrachtete die Flasche Wodka.

„Okay, hör einfach mal zu", begann ich erneut. „Marcel, schreibt von einem Jürgen, der blaue Augen hat und sich selbst einen Arier nennt."

Ich hielt ein und vergewisserte mich, dass er mir zuhörte und deutete mit einem Zeigefinger auf das Sofa: „Hallo, zuhören! Der Jürgen, der dort liegt, der hat keine *blauen* Augen, Arno. Der Jürgen dort hat *grüne* Augen! Vorschlag - du überzeugst dich selbst."

„Blaue Augen, grüne Augen", sagte er leise und schaute seine Waffe an.

„Ich dreh' dir jetzt den Rücken zu und zieh dem Jürgen die Papiertüte vom Kopf. Dann siehst du, dass du einen Unschuldigen auf dem Gewissen hast. Der war zwar in dieser blöden Clique, aber er hat Marcel nie etwas angetan!"

„Alwin, tu das nicht", raunte Anne-Catherine, und dennoch kehrte ich Arno den Rücken zu. Als ich mich über Jürgen beugte, hörte ich den Schuss und machte einen Satz nach vorn. Halb auf Jürgen liegend, stürzten wir mit dem im Wohnzimmer freistehenden Sofa rückwärts um, und ich schlug mit dem Kopf gegen den Heizkörper und verlor die Besinnung.

Einundzwanzigstes Kapitel

Als ich wieder zu mir kam. hörte ich Stimmen und Geräusche, die empfindlich in meinem Schädel schmerzten. Ich wagte kaum, die Augen zu öffnen. Zuerst sah ich das Gesicht von Welsch. Ich vernahm auch die Stimme von Anne-Catherine und blinzelte, und dann sah ich Arno in der Ecke, den Kopf schlaff auf der Brust liegend und Blut, dass ihm aus Mund, Nase, eigentlich aus dem ganzen Kopf lief.

„Schau nicht hin, Alwin", hörte ich nun Anne-Catherine behutsam auf mich einreden. „Arno hat sich selbst gerichtet."

„Ich schüttelte mich kurz und wollte aufstehen. Meine Brille saß recht schief und hatte bei meinem Sturz gelitten. Es gelang, ich stand, aber die Knie waren noch weich wie Pudding. Ich nahm die Brille ab und bog sie so, dass sie jetzt etwas besser auf der Nase saß.

Polizisten gingen ein und aus, und ich entdeckte den Notarzt, der auch Carsten Strauch gerettet hatte. Ich sortierte meine Gedanken und machte zwei Schritte auf ihn zu.

„Herr Doktor, einen Moment bitte", begann ich. „Wie geht es Jürgen Nowak?"

Er sah mich an: „Der wird's schaffen. Der Patient ist

schon auf den Weg ins Krankenhaus. Herrn Faber konnten wir nicht mehr helfen. Der Täter hat ihn wahrscheinlich schon vor zwei Tagen ermordet. Aber ich schau mir gleich auch Ihre Platzwunde an."

Welsch kam auf Klaus Faber zurück: „Die Polizei geht davon aus, dass Faber im ersten Stock, in der leeren Wohnung über dieser, getötet wurde und die Leiche bis heute dort lag. Warum sie Arno jetzt runterschleppte, wird sein Geheimnis bleiben. Vielleicht war das einfach im Suff."

„Erinnerst du dich?" begann Anne-Catherine. „Jürgen hatte eine SMS von Klaus Faber erhalten. Da war er anscheinend bereits tot, und Arno hatte dessen Handy benutzt und die Nachricht verschickt. Damit niemand stutzig wird. Das ist ihm leider auch gelungen."

„Jetzt möchte ich nur noch wissen, wo Anja ist", fragte ich.

Welsch antwortete leicht beklommen: „Sie ist zusammengeklappt, kollabiert, und Anja ist ebenfalls ins Krankenhaus gebracht worden. Ich werde nachher Ihre Familie anrufen."

Als Achim Mönch uns erblickte, gab er zwei Kollegen kurze Anweisungen und kam zu uns. Er nickt kurz, und Anne-Catherine gab ihm das Schulheft mit den Notizen von Marcel: „Das wird der Polizei einiges erklären, Achim. Ich hoffe, du lässt uns bis morgen einfach verschnaufen. Für die Details, die uns bekannt sind, kommen wir gerne morgen auf die Wache."

„Kein Problem", nickte Achim Mönch, schaute dann mich an. „Lass du dich lieber mal vom Doc versorgen. Die Platzwunde muss sicher genäht werden."

„Bin bereits wieder da", hörte ich den Notarzt. „Nähen wird nicht nötig sein. Klammern wird reichen."

Ich nickte: „Und du, Anne-Catherine, bring mich danach heil ins Bettchen." Ich reichte ihr den Autoschlüssel und sie lächelte. „Wir bleiben heute in Gemünd. Zur Abwechslung bist du mein Gast..."

Der Autor

Jean-Louis Glineur wurde 1964 in Verviers/Belgien als Sohn eines belgischen Unteroffiziers und einer deutschen Mutter aus Hollerath in der Eifel geboren. Als sein Vater Léon Ende der 1960er Jahre im belgischen Camp Vogelsang in der Eifel als Soldat stationiert war, zog die Familie aus der Wallonie nach Gemünd.

Der Autor besuchte das Städtische Gymnasium Schleiden und schloss dieses 1984 mit dem Abitur ab und entschied später, eine Berufsausbildung zum Industriekaufmann zu absolvieren, arbeitete später als strategischer Einkäufer und als Ausbilder in kaufmännischen Berufen und war in den Folgejahren auch als freiberuflicher Journalist und Fotograf tätig.

Seit 2001 lebt er in der Städteregion Aachen im Eifelstädtchen Simmerath mit seiner Frau Ute, die er im Jahr 2008 heiratete. Zu den Leidenschaften von Jean-Louis Glineur gehören Motorsport und Comicserien belgischer und französischer Autoren.

Bisher erschienen:

Todesangst in der Nordeifel

Taschenbuch: 208 Seiten

Verlag: TWENTYSIX (29. Juli 2016)

ISBN-13: 978-3740714277